風雲時代

西嶺雪前世今生系列

忘情散

西嶺雪◎著

忘情散

【目錄】

第一章

帶著記憶出生

蘇慕自出生起便帶著奇怪的記憶。

剛滿十一個月，他已經會開口說話，可是不肯叫「爸爸」「媽媽」，卻說：「我家不在這裏，你們送我回家呀。」又指著來來往往的車子說，「都是四個輪子，可是怎麼沒看見馬呢？」

便有人逗他：「你家在哪兒呀？你什麼時候坐過馬車？」

小蘇慕答：「我家在朝歌，我有幾十輛馬車。」

便有好事的長輩查了典籍，說：「朝歌原在洛陽附近，離西安不遠，不過，那已經是千百年前的稱呼了。」

但這還不是最奇怪的。真正令他父親蘇浩瞠目的是在他六歲時，第一次帶他進賭場，他抓起骰盅，很不屑地說：「骰子，是賭術裏最低級的一種。」然後隨手擲出個六點；接著站在玩撲克的賭桌旁，詫異：「撲克？我們那時候沒有這玩意兒。」

蘇浩在那一刻徹底相信了八仙庵道士的話——蘇慕不屬於這個時代，他是個再生人。道士還說，蘇慕的八字奇特，是孤宮入命的人，剋父剋母，一生運氣極差，一萬個人裏也沒有一個像他這樣倒楣的。現世的父母無福消受這樣的異子，最好的辦法是把他送走，送得越遠越好。

但是蘇慕的母親捨不得，覺得這個寶貝兒子又聰明又漂亮，除了言行特別點外也並沒什麼不好，無論如何不肯將他送人。

然而從那一年起，蘇浩的生意開始一路走下坡，幾乎投資什麼賠什麼，在股票和期貨市場上又各損失了一大筆，急火攻心，漸漸不治。臨死前握著太太的手叮囑：「這個兒子，我們養不起，還是把他送走吧，不然，只怕於你不好。」

陳太太哭得死去活來，叫著：

「你走了，我活著還有什麼意思？要剋就讓他剋吧，真把我剋死了，我早早下去陪你。」仍是不肯讓兒子離開自己。

那年蘇慕已滿十八歲，聽著父母的話，只覺刺心地疼。料理過父親的喪事後，便悄悄辦妥了出國讀書的一切手續，獨自去了加拿大。

因為簽證在郵局裏耽誤了兩天，他去報到的時候，遲到了，只得等下學期才能入校。他已經沒膽讓母親再寄錢來，於是四處打黑工，吃盡苦頭，東躲西藏地過了半年。入學後，幾乎成了規律了，每到考試的時候必然出點小意外，一直讀了六年，始終不能畢業。

而且，他開始做夢，頻頻在夢中看見同一個女人，穿白衣，赤足，長髮，梳著古裝的髻，有時雙髻，有時單髻，插著鳳釵，金步搖，踏著一種很奇怪的步子，忽進忽退。是背影，纖腰一搦，在飛絮漫天間踽踽獨行，走路似舞蹈，永遠不肯回頭。

每次蘇慕夢到她都很想流淚，說不出的感傷。與生俱來的背運使他不可能成為一個多愁善感的人，可是那淒迷的夢境令他困惑，他很想看清女子的長相，希望她回頭。

念了六年的書，便夢了這女孩六年。

然後，他接到母親再婚的請柬，繼父姓董，是一位離休老教授。蘇慕很替母親能夠開始第二春而高興，到了這時候，他念書已經念得厭透，於是乾脆效仿留學祖宗方鴻漸，買了張假證書，權充學成歸來，和母親的婚禮共演了一齣雙喜臨門。

自雙腳踏上西安，那白衣的女子便飛走了，再沒夢見過。

蘇慕的運氣卻還是一如既往地衰下去。

一個風華正茂的外國留學生，在西安找份工作其實是頗有些高不成低不就的，尤其蘇慕的文憑又經不起推敲，自知萬事俱備獨欠運氣，便也不敢問津高薪優職，蹉跎了半年，才靠著繼父的關係在一家小型服裝廠謀了個推銷經理的職位，真也算大材小用了。

因為居無定所，他沒機會交到什麼朋友，但是和同事的關係相處得也還好。閒時一起打打麻將或者撲克，是辛苦生涯裏最簡略的一點清歡。

按說一個擅賭的人總應該有幾分運氣，然而蘇慕的運氣僅止於他在搓麻將的時候和幾把「屁糊」，或者玩「紅桃四」時偶爾「單挑」成功，賭額限於十元錢以內，超過十塊準輸。賭運與技巧無關。

逢節假日會拎了水果熟食去探訪母親。

蘇太太現在已經是董太太，大概是因為丈夫比自己大了十歲的緣故，改嫁以後，她開始發福，而且變得囉嗦：「慕啊，快三十的人了，怎麼還沒個正經打算？什麼時候帶女朋友來給我看看？你們也好了有一段時間了，有沒有想過結婚啊？」

蘇慕搪塞：「媽急什麼？等我運氣好轉了，自然會結婚。」

他想起那夢中的白衣女子，好久沒有再夢見她，可是仍然很清楚地記得她走路的姿勢，還有那插髮的金步搖，是如何優美地晃動。拖延著遲遲不結婚，是否潛意識裏是在等待夢境成真呢？那女子一直都沒有回頭，但是她走在霰雪飛絮間的背影，是如此婉約動人。

母親又說：「你有沒有給女朋友看過八字呀？人家說找到個合八字的好對象，說不定可以轉運的。」

董教授在一旁接口說：「婚姻，從某種意義上來說，也是一種賭。而合八字，算卦這些，便是通往『贏』的捷徑，是一種賭技。」

董教授的專業很冷門，是研究中國博彩學的，蘇慕和他很談得來。

有時候兩個人慢慢地啜著不傷身的黃酒，可以從秦漢以前的弈棋，賽馬，意錢，三國兩晉南北朝的象戲，握槊，彈棋，隋唐五代的雙陸，葉戲，擊球，宋遼金元時期的打馬，除紅，鬥蟋蟀，明代的骨牌，馬吊，一直談到清代的花會，山票，押寶，麻將，輪盤，撲克……

蘇慕若有所思：「原來撲克是從清代就開始了的。」

董教授說：「跑馬，輪盤，撲克都是舶來品，是鴉片戰爭後才傳入國內的洋玩意兒，在民國時期達到高潮，上海四川廣東等地都有很大的賭場，規模之大，品種之全，堪比今天的賭城澳門。當時傳進來的『洋賭』中的很多內容，諸如跑馬，彩票，有獎儲蓄，吃角子老虎，直到現在也還很盛行……」

母親借著送水果進來打斷兩人談話：「阿慕，你運氣這麼不好，就不要老是惦記著賭，沒聽說十賭九輸嗎？你爸爸當年要不是賭期貨股票，也不至於……」

由此蘇慕知道媽媽對他剋死父親的事仍然耿耿於懷，從此極少登門拜訪董教授夫婦。

有時候躺下來，慢慢地回想自己從小到大經歷的種種驚險，蘇慕會覺得整個成長過程好比唐僧取經，大難小劫不斷，步步是陷阱。

按說這樣一個人，早該死一百八十回了，可是偏偏他又死不了，每次遇難，總能逢凶化吉，九死一生。有一次乘飛機去大連，整機的人都跌到海裏淹死了，他卻幸運地抓住了一隻不知誰丟在那裏的太平圈，一直堅持到救生員來到——這點也很像唐僧，暗中有觀音姐姐庇佑，只遇難，不會死。

只是不知道，何時可以修成正果。

所有人都說他大難不死，必有後福，然而蘇慕等呀等，等得脖子都長了，後福卻一直沒有來到，估計要學姜太公，到八十歲的時候才會稱王拜相吧，那也真是夠後的了。蘇慕於是對女朋友小荷說，你別瞧不起我，你等著，八十歲以前我一定會有財運的。

小荷反唇相譏，那就等你八十歲的時候再來重新追求我吧。說完轉身便走，沒忘了把他們僅有的共同財產——那隻荷蘭種的斑點犬帶走。也是，那隻狗，當初還是蘇慕用三分之二工資買下來的呢，是他最貴的財產了。

蘇慕有點捨不得那隻狗，從兩個月養到兩歲大，總有一點感情的吧！可是他又覺得，狗跟著小荷，總比跟著自己好，自己這麼霉的人，誰知道什麼時候會把小狗給剋死呢？

蘇慕很窮，又很衰，不過小荷最終決定離開他，倒還不光是為了這兩點——要是為了這個原因，早兩年前他們認識五分鐘後她就該掉轉身走了。

——那是他們經人介紹的第一次約會，蘇慕不僅遲到了半小時，而且因為半路摔跤還弄得一身髒，他一邊搓著手一邊解釋，剛才在街上遇到小偷，他是為了追小偷才弄成這樣的。小荷問他：「那追到了嗎？」阿慕說：「本來是已經追到了的，可是到了跟前，我沒留神腳底下有個坑，忽然摔了一跤，就把小偷給追丟了，自己也弄成這樣子。」結果，那天從吃飯到逛公園包括買礦泉水的錢都是小荷付的，臨分手時還借給蘇慕兩塊錢硬幣坐公車回家。

所以，小荷這樣的女朋友已經算得上是很賢慧而且大度的了。然而這樣的人最終也不能忍受蘇慕，實在是因為他太衰太無能了，而且這樣無能的一個人，居然還用情不專，真是是可忍孰不可忍，小荷再也不能忍受，終於決定割袍斷交，攜狗出走。

事情發生在半個月前，興城廣場，當時蘇慕和小荷好好地走在街上，抬頭間，忽然看到一位小姐正冉冉地從車上走下來，就像被雷擊了一樣，蘇慕驀地呆住了，小荷叫他也聽不見，癡癡地跟在那小姐身後，人家走他也走，人家停他也停，月亮都沒有他聽話。

其實那小姐的眉眼也說不上有多麼精緻，分開來看，她的五官都還平常，只說得上端莊秀氣罷了，可是組合在一起，就變成國色天香，有一種高貴的氣度，有一種脫俗的風韻。

彷彿有暗香襲來，蘇慕生平第一次因為美色而忘了自己。

連自己都忘了，更不要說未婚妻小荷。

小荷真是想不生氣都難，甩下他轉身就走。他也不知道追，還提線木偶似地跟在那小姐身後亦步亦趨，直到人家上了車，車子不見影兒了才回家，還神思恍惚的，跟中了邪一樣。

當晚，小荷同阿慕進行了自同居以來最認真的一次談話，問他：「你到底有沒有真正愛過我？」

阿慕茫然地看著小荷，半晌沒有答案。

小荷歎息，當時便想過是不是應該分手了，然而想到他們兩年間的感情，又覺割捨不下。為了一個從天而降乘風而去八杆子打不到的陌生人，至於要鬧到分手那麼嚴重嗎？反正他們以後也不會再見面，沒必要為了捕風捉影的乾醋讓自己煩惱。

她決定再給阿慕一次機會。

可是前天，兩人去看房子的時候，竟然冤魂不散地，又和那小姐遇上了，而且還不費吹灰之力地弄清了她的身分——看不出她年紀輕輕的，竟然是那家冰蟬房地產公司的總經理，叫雪冰蟬，公司就是以她的名字命名的！

再次面對蘇慕靈魂出竅般的癡迷表情，小荷深感絕望，不禁有種在劫難逃的感慨，一切，都是註定的吧？

房子自然是沒有買。

小荷終於正式提出分手。而蘇慕，竟然毫不挽留，還神經兮兮地長吁短歎，念了句不知是詩是詞的東西：「此情可待成追憶，只是當時已惘然。」

「惘然你個頭！」小荷再也忍不住，拎起行李叫上斑點就走了，沒忘記把門重重地摔了一聲，踢了兩腳，嘴裏還罵著：「王八蛋，餓死你算了！」

蘇慕真的很餓，但是當然不至於餓死。他在屋子裏呆呆地坐到天黑，餓得肚子咕咕叫了，也就爬起來，晃晃悠悠地出了家門，一徑往街角的麵館走去。

對於小荷的走，他自己也說不清是惋惜還是釋然，同居兩年，七百多個日子，他們之間的感情早就混淆了，偶爾的纏綿溫存，到底是因為習慣呢還是興奮，或者乾脆，是生理週期？

就像這辣子拌麵，陝西人從小吃到大，吃成了習慣，能說得清是因為喜歡還是因為習慣嗎？

小荷問他有沒有真正愛過的時候，他自己也在問自己，可是他真的不知道答案。兩個人走在一起兩年，既然已經有過結婚的打算，自然是動了真情的。可是內心深處，他早就有些厭倦了。厭倦小荷的沒完沒了的抱怨，惦記一件明明買不起的名牌服裝時嘖嘖咋舌的面相，搬弄辦公室是非時酸溜溜的笑，甚至包括她在床上永恆不變的姿態以及假裝興奮的叫聲……但是這一切，他都從來沒有跟小荷說過，甚至一絲一毫都沒有流露過。

本來嘛，像他這樣一個人，貧窮，失敗，孤單，又倒楣，吃飯能吃出砂子，買衣服買到長短袖兒，在家裏走來走去都會平白絆一腳，喝口涼水都得剔牙的，只要有個女人肯跟自己過，還有什麼可抱怨的呢？

他的確打算要和小荷過一輩子的，只要她不提出分手，他便絕對不會提出，而且，作為一個男人，他一定會盡自己的能力好好照顧她一生；然而，當小荷決定斬斷兩年的情緣離開他，他卻也並不覺得多麼遺憾，反而有些如釋負重似，並且慶幸好在沒有帶她回去見母親，免得一場解釋，真是有先見之明。

也許他真的是一個薄情的人。

只有真正薄情的人，才會在兩個小時內就忘記兩年裏積累起來的感情。

但是另一面，他不過只見了雪冰蟬兩分鐘，卻為什麼整整兩個星期都念念不忘呢？

是「豔遇」？亦或「遭遇」？

遇到雪冰蟬，讓他忽然清楚地意識到一個女人和一個女人是多麼地不同，意識到即使是他這樣一個又衰又麻木的男人，也會為了一面之緣的美女而心動，甚至甘願改變自己生命的軌跡。

他不明白雪冰蟬為什麼會給自己那樣大的震撼。

當然，她美麗，眉目清朗，端莊飄逸，就像從時裝雜誌封面上吹口氣走下來的，並且，神情舉止間有一種高貴的氣度。但是，他蘇慕好歹也算得上學貫中西，平生見的美女不在少數，何況，那女子美則美矣，也沒到天姿國色的份兒上，終究是紅塵中一個普通的漂亮女人罷了，又不是真的天仙，何以讓他這樣丟了魂兒似的？

也許，是因為她舉止的優雅，穿著的得體？蘇慕是做服裝推銷的，對別人的著裝品味十分挑剔，這也是他對小荷最不滿的一點，天天亂穿衣，還自以為是地要命，死不肯聽取別人的意見，哪像雪冰蟬，簡單大方的一襲白色套裝，穿在她身上就跟長在她身上似的，看著那麼順眼，舒適，風度翩翩。

蘇慕給自己找到理由了，是的，一定是因為自己平時跟模特兒們接觸得多了，忽然遇到一個不是模特兒出身卻穿衣舉止比職業模特更有品味的人就特別感到吸引，一定是這樣。

但是，姑且不問原因是什麼吧。如今蘇慕最關心的，是怎麼能再見雪冰蟬一面？他迫不及待地想見她，自從見了她，一顆心就彷徨不安，非要等再見的時候才能踏實起來。

他決定再去一次冰蟬房地產公司，再看看雪冰蟬，然後就把她忘記。

第二章 蛇人竹葉青

忘記一個人需要多久？

忘記一個只見過兩次的人，很難嗎？

蘇慕又開始做夢了。

不再是霰雪淒迷，不再是飛絮滿天，這次的夢境比以往所有都清晰。

看得出是個大戶人家的花園，園門做月洞型，寫著「蘇園」字樣。蘭花開成深紫色，那白衣的女子在蘭花叢中穿行，仍然是背影，但那是個多麼美好的背影，纖腰一挪，弱不勝衣。她手裏提著只小巧而翠葉紛披的柳條籃子，一路走便一路採。她的手不需要辨認選擇，但是拾到籃中的花總是園中最豔最飽滿的。

她就這樣慢慢地裝滿了她的花籃，東一下西一下，花莖有長有短，似乎不需要插到瓶中已經可以很清楚地認定它們將會組成一幅怎樣的畫面。

陽光在她披散的頭髮上鍍了一道光環，織錦的長裙上落滿了蝴蝶，當她走動，那些蝴蝶就飛起來，不知道是她的腳步還是花的露水給了繡蝴蝶新的生命。

然後，她回過頭來。

那女子，那白衣的女子，那永遠背向而行的夢中女子終於回過頭來，冰清玉潔的一張臉，是雪冰蟬。

蘇慕從夢中驚醒過來，莫名地又覺得了那種熟悉的心痛。雪冰蟬，怎麼會？他整整夢了六年，猜了六年的夢女郎，竟然會是只有兩面之緣的雪冰蟬。是日有所思夜有所夢的巧合，還是緣訂三生天意叵測的暗示？

他買了一束玫瑰，決定自己去找答案。一路想，和小荷戀愛兩年，還不曾給她送過玫瑰花呢，若被她知道自己買花給陌生人，更不知要多麼生氣。

直奔了冰蟬大廈A座總經理辦公室，秘書攔在門口不給進去，說：

「花我可以代轉，不過不保證雪經理會收下。請你留下卡片，如果經理願意見你，我會通知你。」

對待送花人的口吻好比打發應聘考生，顯見是每天應付上門送花者經慣了的。

蘇慕沒想過會吃這樣的軟釘子，有些下不了台，只得訕訕放了花束出來。沒有留下卡片。

留也是白留，雪冰蟬才不會給一個陌生人回電話。

二 蛇人竹葉青

在樓下廣場拐角，蘇慕看到一個女藝人在表演，剛入五月，可是那女子已經穿著極鮮豔而暴露的緊身熱裙，在跳肚皮舞。

印度樂纏綿中帶著淒厲，女人頭髮短得貼頭皮，脖頸間纏著一條巨蛇，蛇頭嗞嗞地吐著信子，驚得圍觀者不時發出尖叫，而那條蛇和牠的主人一樣，彷彿以眾人的驚惶為營養，興致更加高亢，扭動也更加妖嬈。

不同面額的鈔票紛紛投進女蛇人腳下的竹簍裏，對於養尊處優的城市人，這樣新鮮的刺激是不易見的。

女蛇人結束了舞蹈，自背囊中取出一條小蛇來，望空一拋，巨蛇忽然躍起，張開血口準確地在半空中銜住，吞下，蛇七寸處驀然鼓起，迅速滑下。觀眾噓聲大作。那蛇昂然得意，對著蛇人頻頻致意，彷彿敬禮。

蘇慕忽然感到胃部一陣不適，心裏想要離開，腳下卻偏偏遲疑。若有意若無意，女人在表演的當兒，不時向他瞥上一眼，竟是似曾相識。

終於，蛇人收了蛇，向蘇慕走來。

又是一陣心悸的不適感傳遍全身，猶如觸電。蘇慕有些後悔自己剛才沒有及時走開，這會兒便是想走也不好意思了。

女人的眼睛是一種奇怪的藍與綠相間的顏色，好像波斯後裔。肚皮上紋著條色彩斑斕的小蛇，半盤半曲，隨著她的走動做出各種妖媚狀，極盡誘惑之能事。

蘇慕覺得心跳加快，搭訕著先開口：「這是什麼蛇？」

「竹葉青。」

「小姐貴姓？」

「竹葉青。」

她叫竹葉青。

竹葉青是個好名字。

竹葉青是一種酒的名字，很烈的酒。

竹葉青是一種蛇的名字，很毒的蛇。

竹葉青是一個人的名字，很美的人。

女人。

像酒一樣烈，像蛇一樣毒的美麗女人。

叫竹葉青的女人肯定是很不一般的，她有兩樣絕技：第一是養蛇，第二是煉藥。

而於這兩樣上更加絕的，是她懂得看人。

她兩隻藍綠相間的眼睛，彷彿具有穿透力，可以輕易地看透人的心，透過人的表面看清他的本質。

有個傳說：

蠻荒時代，野獸成群，和睦共處。然而有一天，上帝造了人出來，成為萬物之靈。獸們不高興了，齊齊來找上帝理論，說：眾生原本平等，憑什麼人比我們高貴？我們也要做人。

上帝被纏得無法，只好允諾：等到燈頭朝下，水往上流，你們便都可以做人了。千年百代過去，世上發明了電，發明了燈頭朝下的電燈，發明了使水往高處流的發電機，於是群獸也就都變了人。

然而竹葉青似乎有那種能力——可以透過表面看清那個人的本質到底是一種什麼野獸。

她告訴蘇慕：你是個冷血的人。你很無情，卻有一顆易感的心。那顆心本來不屬於你。它由一滴眼淚生成。

蘇慕一句也不要聽她。

他懷疑她不具有正常人的思維，或者，是中國話意思表達不清。

什麼叫雖無情卻易感，什麼叫他的心不屬於他，什麼叫一滴眼淚變了心？

但是竹葉青說：你會再來找我的。想找我的時候，放出這條蛇。她送他一根碧綠細長的竹筒。不用說，那筒裏自然是蛇。

蘇慕越發不安，卻不知為什麼，無法說出拒絕的話。

他握著那根竹筒一路走回家，感覺自己像個傻子。同時他想著竹葉青，始終覺得熟悉，他和她是認識的，在什麼時候呢？在加拿大？或者去加拿大之前？好像還要早，那麼是小時候？然而他不記得有過這樣藍綠眼睛的混血兒鄰居。

那天晚上，蘇慕又一次夢到雪冰蟬。

深閨獨坐，夜幕四合。她在燈下慢慢地擦一柄劍，用一方雪白的蠶絲帕子，輕輕地輕輕地擦拭劍的鞘，劍的柄，劍的身，劍的刃——忽然，她的手指被劍刃割了一下，有血滴下來，迅速染紅雪白的帕子。

雪冰蟬痛楚地把手指含在嘴裏，蒼白的臉上，露出一絲淒然的笑……

夢在這個時候醒了。

阿慕心頭恍惚，隱隱作痛，同時想起竹葉青的話：你是一個無情的人，卻有一顆易感的心。那顆心本來不屬於你。它由一滴眼淚生成。

此刻，那顆由眼淚生成的心彷彿躍躍欲試，一張口就可以吐出來似的。

蘇慕匆匆換了衣裳出門。

今天在展覽館有個小型服裝貿易洽談會，他是廠方代表。可是一路塞車，到南門時更是水泄不通，乾脆下車步行。聽到路人議論才知道，好像是某大廈有人跳樓，造成交通堵塞。

世上那麼多人，本來誰死都不與阿慕相關，可是這個人死的地方不好，阻了要道，礙了交通，耽誤了阿慕去展覽館開會。

本來對這次洽談已經做足功課勝券在握的，可是因為遲到了半小時才進場，第一時間已經給對方留下不良印象，讓競爭對手鑽了空子。

談判不成功是小事，對公司形象造成惡劣影響卻令廠領導大發雷霆，不消分說，當即下了開除令。

阿慕失魂落魄地走在路上，沮喪得只想也去跳樓。

失業或許不是自殺的好理由，但是一個衰得無可救藥的人實在沒有活下去的必要。

可是他實在懷疑，即使自己有勇氣從十八層樓頂一躍而下，是不是真的就可以痛痛快快死了？

難保不摔個半身殘廢，卻獨獨剩一口氣咽不下去。

人家說好死不如賴活，他可是賴活容易好死難。

倒不知有什麼辦法是必死無疑，確保成功的？

買凶？要是殺手拿了錢跑了，又或者手腳不俐落怎麼辦？

上吊？去哪裏吊呢？

雖然滿街都是樹，總不成吊死在熱鬧的馬路邊吧？公園裏的樹蔭下可都是給情侶們留著的，越是看似僻靜的場所越是一對對的蜂狂蝶亂。

撞車？這是最不保險的，死個十足十還是半死不活全不由自己控制。

服毒？可哪裏來的毒藥呢？

蘇慕想起蛇人竹葉青給的那只竹筒來，不知道筒裏是不是一條毒蛇，如果是，咬自己一口就可以送自己歸天，倒是個乾淨省心的辦法。

想著，已經取出竹筒來，隨手擰開筒蓋。只覺眼前一花，彷彿有道白光閃過，筒裏已經空了。剛才是不是有一條蛇躥出來，在自己眼皮底下遊走？阿慕完全沒有看清楚。

瘟疫飛出了潘朵拉的匣子，潘朵拉知道要有什麼事情發生嗎？

黃昏的時候有人敲門。

阿慕以為是小荷。租房子這麼久，只有兩個人進過這屋子，一個是小荷，另一個是房東。這兩個人現在阿慕都不想見，不願小荷看到他比和她在一起時更衰從而幸災樂禍，更不想被房東催租。

但是來的人是竹葉青。

她做男裝打扮，穿西服打領帶，白襯衫的扣子一直扣到最頂一顆，除了一雙眼睛藍綠相間外，從表面上看起來，就像個大街上一抓一把的保險經紀。只是手裏沒有拿著保險單，而是捧著一隻水晶球。

蘇慕笑起來：「蛇人與水晶球？我好像進入了一個童話世界。」

「蘇慕，你找我？」

「啊？」蘇慕來不及否認自己找過她，卻好奇她怎麼知道自己的名字叫蘇慕。還有，她到底是一個她還是他？

「你是男是女？」

「有什麼所謂？」竹葉青冷冷地說，「從來只有我問別人需要，沒有人關心我的身分。」

「你不是中國人吧？」蘇慕玩世不恭地笑，「雖然你的國語說得很流利，但是不合語法，都不知道你在說什麼。」

「這是因為我談生意很少用說的，都是用看。」

「談生意？」蘇慕覺得頭大，「我有什麼生意和你談？」

「你有，因為你運氣壞。」

蘇慕完全不明白這忽男忽女的竹葉青到底在說什麼，「難道你能讓我運氣好轉？」他問，「但是我又有什麼可以給你做交換條件的？」

「靈魂和永生。」

蘇慕決定閉嘴。這蛇人沒一句話是中國話，甚至不是人說的話。是，每一個字都是中國字，可是組織在一起，偏偏就莫名其妙，不明所以。他沒一句可以聽懂。

竹葉青已經將水晶球擺上了桌子，並且開始輕輕轉動，念念有辭。

蘇慕正想干涉，卻忽然驚異地睜大眼睛，越睜越大，幾乎不能置信——他真的從水晶球中看到了影像，就像電視劇那樣有劇情發展的影像，甚至還有動作和對白：

某年某月，風日晴和。

村頭井台邊，桃花開得很豔，荊釵布裙的農婦在井邊汲水捶衣裳，有騎士牽著馬經過，向婦人討水飲馬。婦人的心早就允了，口頭上偏不肯那麼順從，戲弄著：「好大一口井，你儘管喝，何必向我討？」

夾七夾八，無非是為了多說幾句話，將這異鄉的俊美青年看個飽。

武士卻煩了，忽然掣出劍來，將木盆一劈兩半——我不喝水，你也別再想洗衣……

蘇慕詫異：「竟有這樣無理的人！且不解風情。」

蛇人妖媚地笑，只管輕輕地轉動著水晶球：「看下去呀。」

水傾盆裂，婦人驚叫起來，圍上前牽衣扯袖地糾纏不休。武士有武士的驕傲，斷不肯對付手無寸鐵之人，一身解數使不出來，被婦人們拉扯得十分狼狽。

幸有一個白衣束髮的小丫環端著木盆走來，身形窈窕，面目清秀，雖衣著簡樸而不掩其端麗。巧笑嫣然地，先盛了水飲馬，又將手中的盆子賠與婦人，三言兩語，了斷一場官司。

武士施了禮，卻並不道謝，只讓馬飲飽了，就此揚長而去。

婦人們圍住小女子詢問：「你把盆子賠了我們，你家主人處可怎麼交代？」

女子收了笑容，淒然道：

「明天又有賭賽，我抽籤輸了，成為賭注之一。一旦主人把我輸給賭客，我明天就要永遠離了這村子，交不交代都無所謂了。」

「賭注？」蘇慕驚訝。

他隱約想起來：前朝時有一種賭法，叫做肉棋。卻是以人為棋子。做棋子的女子豔妝，半裸，隨著奕者的行棋時進時退，贏了則起舞獻酒，輸了則賭債肉償，是一種極為「香豔」的奕賽，在前朝盛極一時。

如此說，那小丫環便是棋盤上的一枚肉子。卻不知那一場賽，花落誰家？

灞河邊，堆土為丘，畫地為界，插木為樁，佈置成「博局」的樣子。樁是真正的梅花樁。那一株株新木，是正在茁發的梅樹主幹，頂上削平了，枝杈還在，每一條都抽出灼灼的花來，彩帶飄搖，金鈴隨風，隨著女子的舞動鏗鏘作響。

女子們都只在十三四歲年齡，束髮纏腰，雖是冰天雪地，身上卻只著一件鮮豔的絲綢褻衣，赤足纏金鈴，於梅樁上翩然起舞。

中間最美的一個，束金冠，著白衣，正是井台邊的女子。即使穿著如此單薄暴露，卻仍不給人一絲一毫不潔的感覺。她纖弱地舞在梅花樁間，身形楚楚，恍若天人，彷彿隨時隨地，都會乘風歸去，回到彩雲間。

台下設四足青銅博局，局面陰刻十二曲道紋和方框，朱漆繪四個圓點，局側深挖一線，內置碧綠竹箸六根，水晶棋子十二顆。兩旁錦褥繡墩，佳餚美酒，群俠分坐其間，左手握酒樽，右手執棋子，屏神靜氣，進行著無聲的廝殺。

——這是一場六博之賽，又叫「大博」。六箸十二子，每人六子，一大五小，大為梟棋，小為散棋。棋依曲道而行，行棋過程中，時遇爭道，雙方都可吃掉對方的棋子。吃掉對方的梟棋，即可取勝。

樁上的舞女，隨著奕者的行棋做出同樣的進退。每當有子被吃掉，代替棋子的舞女便自梅花樁上飛舞而下，奉金杯向贏方獻酒。

而那白衣的女子，便為梟，總是由棋局中最美貌的女子擔當。贏了，便可以將她帶走；輸了，則要付出代價，乃至生命。

賭者不知道博局的輸贏，舞者不知道自身的歸屬。同為天涯淪落人，相逢何必曾相識？

這一場賭賽的贏家，是那個飲馬的武士。

然而他指著充當梟棋的白衣女子說：「你飲飽了我的馬，我決定報答你，你自由了。」

女子喜極而泣，一張臉驀然變得晶瑩，她說：「不，主人，我願意追隨你。」

「我不喜歡讓女人跟著我。」他皺眉，不為所動，「我家上上下下，沒有一個女人。你還是走吧。」

然而她求他：「不要趕走我，你贏了我，我的命就是你的。我願永遠聽從你，為奴為婢，為你飲馬，拭劍，釀酒，洗衣裳。」

「你會造酒？」他有了一點興趣，「會造什麼酒？」

「米酒，藥酒，蛇酒，蠶酒……我會調十八種酒，會選米，淘米，蒸飯，攤涼，下曲，候熟，下水，容器，壓液，封甕，會辨五齊三酒之名，會下曲釀醴，並且懂得分辨選什麼杯子喝什麼酒可以不醉，還有十八種醒酒的方法。」

「那麼可以到酒坊幫忙。」武士終於緩緩地點頭，「跟上吧。」

他牽上馬，走了。

她尾隨其後，亦步亦趨。這一走，便是一生。

「這武士，就是你。」竹葉青一字一句地說，「這白衣女子，就是雪冰蟬。」

武士，白衣女子，雪冰蟬？

這句話蘇慕倒是明明白白地聽懂了，卻只有更加迷茫。然而迷茫中，又有一絲陽光穿過雲隙，照進他蒙昧的心。他的心，本來不屬於他自己，由一滴眼淚化成。

竹葉青說：那滴眼淚，來自雪冰蟬。

臨走時，她留下一小瓶酒，羊脂白玉的瓶子，盛著碧綠黏稠的汁液，酒香清洌，中人欲醉。

她說：「如果想知道得更多，就喝了這瓶酒。」

第三章 回憶

三 回憶

很多很多年前，有一個女人愛上了一個男人。
一個人愛上另一個人，要受多少痛苦？
他是一個賭徒，一個武士。
在那個時代，高明的賭徒和卓越的武士總是合二為一的。
這是因為，有賭，就必然有輸贏，有得失，有悲喜，有禍福，甚至，有生死。
贏的人自然開心，輸的人卻很不開心。
輸的人會失望，會憤怒，會希望一切從未來過，那場失敗的賭不曾發生，那個贏了自己的人從未存在過。
讓一個人不存在總比讓時光倒流容易。
何況，人們總喜歡把自己的錯誤歸罪於人，遷怒於人，嫁禍於人。
所以，那個總是「贏」的人一定要非常善於保護自己才行。
不然，他贏了一場賭，卻很可能會輸掉一條命。
他的劍術，一定要比賭術更高明。
在學骰子之前，他最先學的，是武功。
還有，輕功。

因為如果一旦打不贏，他還可以跑，如果跑不贏，還可以躲。

所以，他同時又要是一個易容高手。

還有還有，最重要的，一個精於賭的人不能有朋友，他不能相信任何人，更不能在乎任何事超過贏。

一旦他心中有個人有件事比贏更重要，他便一定會輸。

所以，賭徒第一件要學的事，是無情。

這是基本功，也是最高境界。

得之不喜，失之不怒，永遠保持最冷靜的心態，最敏銳的感覺，如此，才可以立於不敗之地。

對於這樣一個視輸贏重於生命的人，感情，實在是微不足道，並且有益無害的一件事。

女人的愛，註定是悲劇。

為了愛他，她嘗盡了辛酸委屈，卻仍不能得到他一絲一毫的溫情回顧。

終於，她覺得絕望，遂孤注一擲。

是蛇人的主意——他給了男人一碗藥，名為「忘情散」，說只有喝下這藥，才能至尊無敵，絕情滅義，練成至高無上的絕世武功。

但是，卻不是他喝，而要一個女人來喝，而且必須心甘情願地喝下，不帶一絲勉強。

「如果有一個女人，肯心甘情願地為你喝下這碗忘情散，你便可以練成這舉世無敵的完璧無暇功。」

蛇人陰惻惻地說，「記住，是心甘情願的！沒有欺騙，沒有勉強，沒有猶豫，而是面帶微笑地喝下它，主動為你犧牲。那樣，才能夠陰陽互補，乾坤合一，你也才能毫無阻礙地以她為媒介，通過她的身體來周轉你的功力，從而練成無懈可擊的神功。」

但是有一點——

「那女人喝下藥後，會忘記所有的事，變得無情無欲，沒有思想，沒有痛苦，沒有記憶和感情，換言之，她交付她的靈魂，只留給你這具軀殼作為練功的道具。」

世上怎麼會有那樣的一種藥？世上怎麼能有那樣罪惡的武功？

然而一授一收的兩個人，渾然不覺得不妥，只心滿意足於這一場交易——她要她的靈魂，他要她的身體。

而被愛所困的女子，竟然真的無怨無悔，甘之如飴，微笑地喝下了那碗收買她靈魂與身體的忘情散。

人間的忘情散，分明是陰間的孟婆湯。

喝下它後，她會忘記所有的苦與痛，哀與樂，以及，她對他的愛。

在最後一口藥盡時，她流了一滴眼淚……

那滴淚，落在碗裏，蕩起漣漪，驚動了蘇慕的心，驚醒了迷離的夢。

他知道，那個女子，就是雪冰蟬，那個武士，就是他蘇慕，而蛇人，蛇人該是知道真相的鑰匙，他們三者之間，到底有一筆怎樣的賬？

頭有點疼，大概宿酒未醒。半明半昧間，他身不由己，再次來到了冰蟬大廈，假裝一個來購房的人，找盡各種理由，坐在大廳裏留戀不去。希望可以像上次那樣幸運，巧遇雪冰蟬。

一連三天。

一本購房指南翻來覆去，幾乎成誦，已經實在問不出新問題了，卻仍然沒能見到雪冰蟬。

售樓小姐見他天天來報到，以為是非常有購樓誠意，倒並不煩他，每見他來，還是和顏悅色地招呼著，但已經隱隱在催促他簽約，並且說，要是想買，而手頭一時不方便，先付訂也行。

這已經是明明白白地警告他：要就拿錢，要就走人，別再兜圈子了。

蘇慕暗暗叫苦：買，拿什麼買呀？本來自己加上小荷兩個人的積蓄，倒也勉強夠付首期的，但是現在小荷甩手走了，剩下自己一個人，存摺又被小荷悉數充公，還哪敢奢望買樓呀？但是不買，還有什麼理由天天賴在冰蟬公司。

小姐給蘇慕的杯裏又添了次水，很婉轉地問：「先生決定了嗎？」

「決定了。」蘇慕輕輕將購樓指南一拍，急中生智，「小姐，我已經決定了，以公司名義一次性購進單身公寓二十套作為高級員工宿舍。」

「二十套？」售樓小姐的眼睛都直了，「您真決定一下子買二十套？」

「是呀，你看這房子，地段好，鬧中取靜，施工品質又好，貸款條件也合宜，我為什麼不買呢？」蘇慕經過這幾天的研究，已經快成半個售樓專家了，讚美的話熟極而流，說得小姐喜笑顏開，而後適時地話鋒一轉，「只是我對這個裝修格局有些意見，而且希望能拿到更好的優惠條件，不知道可不可以在這個基礎上再打個折？」

「哎呀，這我們可做不了主，要不這樣吧，我向總經理申請一下，您和我們總經理談談吧。」

水到渠成。蘇慕暗自得意：這可是人家主動提出來安排雪冰蟬和自己見面的。

這次，他留下了名片。

但是見了雪冰蟬又怎樣呢，到底要和她說些什麼，蘇慕有些無措。他決定在正式約見雪冰蟬之前，再見一次蛇人竹葉青。

城南酒吧。

酒吧裏自然會有酒保。

酒保有男也有女。通常女酒保的打扮總比男酒保更新銳，更酷些。這大概是因為女人做酒保多少有些不尋常，而不尋常的人妝扮起來必定會有些出人之處吧。

然而打扮得像竹葉青這般新奇出挑的，卻還是令人匪夷所思，目瞪口呆。這不僅僅是因為她穿得實在是太少了，少得幾乎不能叫作穿衣裳，因為在這個以色取人的時代，三點上陣的女人並不難找，午夜十二點，隨便選個夜總會進去，碰見女學生跳豔舞也不稀奇。

相比豔舞女郎來說，竹葉青穿得甚至還算多了，多得簡直保守。花環胸衣，草裙熱褲，手腕腳踝上都纏著鈴鐺和紅綠絲帶，隨著她的扭動而飄搖張揚，叮噹脆響。肚皮上的那條蛇，更是飲了血一樣地興奮，時伸時曲，詭豔而妖媚。

是的，她的獨特不在於暴露，而在於妖媚。

妖，妖到骨髓裏；媚，媚在手尖上。人家說媚眼如絲，她卻是乾脆閉著雙眼，做自我陶醉狀，全然不看眾人，可是一手一隻冰筒，上下翻飛，左右互換，就好像手心上自己長眼睛似的，全不擔心冰筒會自半空掉下來。

隨著她的搖盪，手腕上的金鈴鏗鏘作響，憑空多了一份催促的刺激，令等待的人口乾舌燥，雙眼緊盯著那兩隻蝴蝶穿花般的冰筒，不難把裏面的酒想像作瓊漿玉液。

令眾人口乾舌燥的，不止是鈴聲，還有竹葉青幾乎扭斷了的腰肢，纖細而有力，柔軟而汗膩，更讓看的人恨不得眼睛裏長出手來，遠遠伸去，牢牢抱住。

什麼人的腰可以比蛇更柔細，更誘惑？

蘇慕挑了一個角落的位置坐下，隔著人群遠遠地望著吧台後面的竹葉青，狐疑不已。

下午在廣場他沒見到她，卻見到她寫在地磚上的字：城南酒吧。那四個字顯然是才寫下的，因為蘇慕剛剛看清楚，打掃廣場的清潔工已經走過來嘟嘟囔囔地把它擦掉了。

他從來不知道有城南酒吧這樣一個地方，但是顧名思義，想必是在城牆南根兒吧。於是他沿著城一直找到天黑，終於在環城公園入口處看到林子中間隱約地露出兩隻燈籠挑著一面酒幌，寫著「城南酒吧」四個字。

那兩隻紅燈籠亮起在黑黝黝的林隙間，像是兩隻不眠的夜的眼睛，有喧囂的音樂自內傳出，沸反盈天。

蘇慕推門進來，便看到了戴著面具的狂歡的酒徒們，也看到了被酒徒簇擁著的女酒保竹葉青。

竹葉青扭著腰肢蛇一樣地滑行過來，蘇慕低下頭，發現她腳上是一雙精緻的溜冰鞋。

「請你喝。」她把一杯裝飾著檸檬片和紅櫻桃的雞尾酒放在他面前，「它的名字叫『回憶』。」

蘇慕端起喝了一口，搖頭：「不如你上次送我的那瓶好。」

「那瓶也是回憶，真正的回憶，不過名字卻不叫回憶。那瓶是回憶的魂，這杯是回憶的形。」竹葉青輕風擺柳地坐下來，「世上徒有其表的事情太多了，酒也一樣。」

「哦？那瓶是什麼酒？說個牌子，下次我去買。」

「你一點都猜不出來嗎？」

「這可怎麼猜？我只知道，以前沒喝過。」

「蠢貨。你想想我叫什麼名字。」

「竹葉青？」

「就是了。」竹葉青轉著眼珠，「竹葉青養的蛇叫竹葉青蛇，喝的酒自然也是竹葉青酒。你連這都想不到，真是笨蛋，枉生了一副聰明面孔。」

蘇慕雖然運氣壞，腦筋可不慢，這樣子被人左一句「蠢貨」右一句「笨蛋」罵得十分窩火，沒好氣地問：「竹葉青，你到底是做什麼的？一會兒在廣場上賣藝，一會兒又成了調酒的，到底哪個才是你真面目？」

「什麼叫真面目？一葉障目才是。你這癡兒，萬事只看表面，追究形式，真是愚不可及。」

得，又饒一句罵。蘇慕無奈，只得少說為妙，直奔主題：「我約了雪冰蟬明天見面。」

「雪冰蟬答應見你了？」竹葉青有些意外，「這樣順利？那麼說老天倒也待你不薄了。」

「老天待我不薄？」蘇慕哈哈大笑，舉起杯一飲而盡，「我是天底下最衰的倒楣鬼，如果路上有一灘狗屎，我跟你賭，只要一天不收拾，我管保一天兩趟來來回回都會踩正著，躲都躲不過。老天除了不讓我死得痛快以外，幾乎所有的倒楣事兒都讓我攤上了，還說待我不薄？」

「倒楣，是因為你咎由自取。」竹葉青毫不同情地說，「你喝了那瓶真正的回憶，還不知道在你的前世到底做過些什麼嗎？」

「前世？你是說那個武士？」

「不錯，他的名字叫蘇慕遮。」

「蘇慕遮？」蘇慕笑起來，「一首詞的名字。」

竹葉青不理他，緩緩地轉動著空酒杯，輕輕吟誦起來：

碧雲天，黃葉地。秋色連波，波上寒煙翠。

天映斜陽山接水。芳草無情，更在斜陽外。

黯鄉魂，追旅思。好夢除非，夜夜留人醉。

明月樓高休獨倚。酒入愁腸，化做相思淚。

「什麼意思？」

「這是雪冰蟬前世最喜歡念的一首詞，但是她喝下忘情散之後就不再念了。如果你能讓她重新記起這首詞，記起你們前生所有的記憶，並且衷心原諒你。你的罪孽也就滿了，運氣會從此好轉。」

「什麼罪孽？什麼原諒？什麼運氣好轉？」蘇慕又不耐煩起來，「怎麼你每句話我都聽不懂？」

「癡人，癡人。」竹葉青歎息。她對這個吊兒郎當又胸無大志的現世蘇慕同樣也很不耐煩，然而為了家族的事業，為了蛇人的使命，她只得堅持下去，招來酒保，「再來一杯回憶。」

「一杯哪夠？一打還差不多。」蘇慕哂笑，但是忽然間，他笑不出來了，因為竹葉青手中轉動著的空酒杯，不知何時，竟變成了他上次見過的那只會講故事的水晶球——

斜陽外，芳草地，湖水如鏡，寒煙如幕。

靜翠湖畔，一襲單衣的蘇慕遮身形蕭索，仗劍獨立，彷彿一道銷魂的剪影。

賭擅大比武開幕在即，他在為了一個「贏」字而踟躕。

他是一個武士。

擅飲，而不可以醉；

擅賭，而不可以輸；

擅鬥，而不可以死！

但是，只要下注，誰可保證不輸？誰可永生不死？

贏得越多，輸的畏懼便越重。

因為賭注已經在無形中與日俱積，一旦失敗，輸的將不再僅僅是財產，榮譽，還會有生命！

他贏得太多，已經輸不起。

雪冰蟬雙手托著件鶴羽斗篷遠遠地站在他身後，趑趄不前。天寒露重，她有心上去為主人加衣，卻又怕打擾了他的沉思。更重要的是，她心頭還繫著一個死結，希望他能為她解開。

不知過了多久，蘇慕遮終於沉聲說：「過來吧。」

他沒有回頭。但是他知道她在他身後。

一個武士的身後，是不是永遠站著一個沉默的女人？

她聽到召喚，如蒙恩寵，趨步上前為他披上斗篷，終於鼓足勇氣說：

「公子，請求你……」

「說。」他仍沒有回頭。

「公子……」她開口，卻又遲疑。

他終於回過頭來。

秋風中，她穿著一件月白的衫子，單薄而嬌怯，楚楚動人。他忽然有了幾分溫情：「怎麼不穿我送你的雪貂？」

「公子，請不要再把我當賭注吧……」她抓住這剎那的溫柔，哀惋地求懇，「我好怕你把我輸出去。」

「輸？你敢咒我輸？」

蘇慕遮大怒，猛一振臂，抖落她剛剛替他披上身的袍子。

「來人，給我打，吊起來狠狠地打，看哪個再敢說一個『輸』字！」

大比前夜，整個蘇府裏是連一本「書」都不能有的，生怕壞了彩頭。草木皆兵，丫環僕婦舉止說話皆小心翼翼，唯恐一句說錯便要受罰。

雪冰蟬遍體鱗傷，被扔在柴房裏歇養，雖然疼痛不堪，她心裏卻反而鬆了一口氣——帶著這樣一身傷，公子是怎麼也不會讓她參加「肉陣」的了，不然，露出臂上的傷痕，誰還會要她做棋子呢？

「我竟然是個這樣的人？」蘇慕震撼，只覺不能接受自己的真面目，「我曾這樣地對待雪冰蟬！」

「現在你明白了？」竹葉青冷冷地說，「你欠雪冰蟬的。」

水晶球依然寶光流散，劇情在發展——

蛇人竹葉青出現了，人形蛇步，目光閃爍。

她像一團霧，或者說，一團濕氣，陰沉沉，冷兮兮。

當她走近你時，你會感覺他是從四面八方走近你，包圍你，不容迴避。

人們在霧中會有迷失方向的煩惱，但是蘇慕遮不會，他隨時都很清楚自己在做什麼，要什麼。

「蛇兄，你來了。」他說，他從來沒把竹葉青當成女人，「這是什麼？」

「幫你的藥。」

她交給蘇慕遮一碗藥：「蘇兄可是為大比憂心？不妨，只要找個女人為你喝下這碗忘情散，練成完璧無暇功，你就會戰無不勝，所向披靡。」

琉璃玉碗，嫋嫋青煙，宛如一條妖嬈的蛇，邪惡地宣講著一個駭人聽聞的秘密。

「那個女人從此徹頭徹尾地屬於你了，借助你的呼吸而呼吸，追隨你的生存而生存，她每在世上一天，你就可以功力增大一分。每一次運功周轉，都是一輪新生，你的強大，將是無窮無盡的。」

伊甸園裏的蛇給了夏娃一隻蘋果，誘惑她給亞當吃下去，從此帶來女人永生永世的懲罰與災難；靜翠湖邊的蛇卻給了蘇慕遮一碗忘情散，誘惑他拿給雪冰蟬喝，同樣帶來了幾生幾世的恩怨與糾纏。

無辜而癡情的雪冰蟬，遂成為一場交易的犧牲品，成為一個無愛無欲的人，一個非人。

她唯一的擁有，就是他，以及滴在碗裏被他喝下的那顆眼淚。

從此，每天三次，他與雪冰蟬手心相抵，四目交投，運轉小周天功力。這是她一直期待著的零距離接觸，如今終於做到了。她被安置在他的內室中，日則抵手練功，夜則抵足而眠。但是，她再也不會「知道」。

她失去了所有的感覺，感情，感動。

他呢？

一滴眼淚自蘇慕的臉上緩緩地流下來。

水晶流光，照亮了所有的前世記憶，令他唏噓不已——世上怎麼會有那麼絕情無義的人？而那個人，竟然會是自己！如此辜恩負義，又怎能不受天譴？

「報應。」蘇慕喃喃著，將酒像水一樣地灌下去，心頭從未有過的憂傷壓抑。自從八仙庵道士給他批了「孤星入命」四個字，他就已經認定自己是個一世不得翻身的倒楣鬼，認了命，倒也不去多想。然而此刻知道一切原來都有前因，反而思潮翻滾，不能心平。

「原來我今生的壞運氣，都是在為前世償罪！」他恍然大悟地對竹葉青說，「你就是當年的那個蛇人？還是你也轉世了？」

竹葉青微笑：「都不是。那位蛇人是我的祖輩，我們家世世代代弄蛇為生，一脈單傳，和你們蘇家的恩怨糾纏不清。關於蘇家的故事，我家世代相傳，所以我會知之甚清。」

蘇慕也不由笑了：「原來是世襲的。」

第四章 化蝶

「我可以有一個名字嗎？」

她熱切地看著他，「以後您就是我的主人了，請賜我一個名字。」

「名字？」他重複，有點心不在焉，彷彿不明白她話中的意思，這時他看見了一隻蟬，一隻死在冰雪裏，藏在樹掛上的蟬。冰掛像琥珀那樣包裹了牠，將牠安置在樹枝間。

蟬不是在秋天就停止了歌唱的嗎？可是誰也不明白，為什麼這一隻竟會一直活到寒風凜冽的冬天，並且以一塊玲瓏透剔的冰做了牠的棺槨，宛如一枚由玉匠精心刻的冰雕。

蘇慕遮盯著那枚蟬魄看了許久，若有所思地說：

「或者你可以叫這樣一個名字，叫冰蟬，雪冰蟬。」

他給了她一個名字，同時給了她一個姓。這叫她驚喜，卻也有些失望，因為，他並沒有把他的姓給她。

也許，她寧可叫做蘇冰蟬呢。

但是，他沒有像對待他的其他下人那樣讓她姓蘇，這是否代表他尊重她，沒有把她當普通下人來看呢？

冰蟬感恩地笑了，將臉埋在他為她披上的雪白的皮裘圍領間。

她為他飲馬，他為她贖身。他給了她一個名字，卻要了她的靈魂。

怎樣的糾纏？

蘇慕覺得冷，在夢裏翻了個身。

有水滴落在臉上，是冰蟬的淚麼？他睜開眼睛，又忍不住立刻閉上。還是在做夢吧？怎麼會看到裸露的房樑和蜘蛛網？

同時，他覺得身下很硬也很冰冷，四肢無處不疼，而且，四面八方都有風吹過來，還有「刷刷」的掃地聲。

他終於睜開了眼睛，怎麼會？自己竟然躺在一座涼亭裏，躺在亭子的長椅上！

竹葉青呢？那些酒徒，甚至，那座城南酒吧呢？昨晚的一切，難道是南柯一夢？

「刷刷」的掃地聲近了，是清掃環城公園的大爺，他好心地看著蘇慕說：「小夥子，回去睡吧，這裏涼得很。」

蘇慕坐起來，使勁晃了晃腦袋，有些暈沉沉的，「回憶」的後勁還真足。他漸漸記起昨晚的一切，他和竹葉青喝酒，在水晶球裏看到了一個淒傷的故事，水晶球說得越多，他喝得也就越多，於是終於醉了過去。那麼，醉了以後，是他自己走到這座涼亭裏來的，還是竹葉青把他扔這兒的呢？

「大爺，這裏離城南酒吧有多遠？」

「城南酒吧？沒聽說過。」大爺搖搖頭，繼續一路掃過去了。有風，將剛剛掃攏的落葉又吹散開來，飛回頭。

蘇慕站起來向城外走去，心頭陣陣恍惚。

雪冰蟬走進了蘇府。

並不同蘇慕遮說的：蘇府上下三百口，無一個女人。事實上，蘇府僕婦甚多，灑掃庭院，舂米洗衣，都是由婦女擔當的工作。只不過，在蘇慕遮心中，從來沒有把這些女人當作女人而已。

他的心裏，除了賭與劍，甚至也從來沒有把任何人當成人。

所以會這樣，除了天性無情之外，還因為他有一個異能的朋友——女蛇人竹葉青。

前世的竹葉青，女人的特徵還不是很明顯，面目突兀，行動有腥氣，且走之字形，為了纏裹住這一具水性楊花的軀體，恨不得把自己裹成一隻粽子，從頭到腳都包得嚴嚴實實，只露出一張臉。

竹葉青送他一面鏡子，古舊且突窪不平，她讓他從鏡子裏來看所有的人，於是人便都變了模樣，無非蛇鼠蟲蟻，豺狼虎豹，竹葉青自己，是個蛇形的人。腰肢軟得過份，而眼神卻流於渙散，不能集中，說話的時候，不能自控地左右顧盼，脖與頸都靈活得令人生厭。

「我是千年蛇精修煉成人，雖然不是真正的人，卻比那些徒有人形其實蛇心的人要高貴得多。」竹葉青說，「我肯幫助你，是因為你是個真正的人。」

蘇慕遮從鏡子裏看自己，儀表堂堂，劍眉星目，還是蘇慕遮。

他不能不覺得驕傲。

有了這面鏡子，使他在應付對手時憑添了三分把握，因為任何動物都有牠變身前不可更改的動物性，那種天性的缺陷流淌在牠們的血液裏，註定了牠們的失敗。

人，始終是萬物之靈。

蘇慕遮只要在賽前認清楚對手本性是一種什麼動物，就可以猜測出來這動物的先天致命傷處所在，他們或虛張聲勢，或狐假虎威，或貪婪保守而易因小失大，或好大喜功而盲目冒進……他看穿了他們，於是兵來將擋，水來土淹，任對手徒布迷團，而他自有妙計相迎。

但是這一次泰山大比不同尋常，賭壇頂尖人物悉集於此，他已經測知，至少有十人以上都和他一樣，是道道地地的人。他與他們眾生平等，完全看不出他們的缺點。因此，他也完全沒有必勝的把握。

世界是個無極的圓，至理便是循環。當人和動物以智力相較，人勝；當人和人以智力相較，則可能恰恰相反，是那個沒有人性的人勝。

如今的蘇慕遮，便要做個天下第一無情無性之人，練成世間絕情絕義武功。

他徘徊在渭水邊，不住吟哦：「仙人投六箸，對博太山隅。」

這是曹植的詩《仙人篇》，講的正是六博之奕。由此，雪冰蟬知道蘇慕遮是在為了大比的事而煩惱，同時這煩惱讓她知道他對勝利的沒有信心。自己當初是因博賽而相識蘇慕遮的，如今，難道又要因博賽而離開嗎？

雪冰蟬不寒而慄……

蘇慕打了個寒顫，不敢再想下去。他知道，緊接下來便是在竹葉青的水晶球中看到的那一幕：他鞭笞雪冰蟬，而冰蟬為他喝下忘情散……

他不敢想！

前世的蘇慕遮與雪冰蟬的故事令他震撼，並且感傷。曾經，他那樣地虧欠於她，辜負於她，所以，才有了今世的種種磨難。除非她會記起所有的往事，並且原諒他對她犯下的罪孽，他的債才可以還，罪才可以恕，運氣，才會好，冤孽，才會完。

見到雪冰蟬，他一定會在第一時間對她說「對不起」。她也許會感到驚訝，但是他會請她聽完那個關於忘情散和孟婆湯的故事，然後真誠地請求原諒，給他一個重新來過的機會，讓他和她交朋友，從頭開始。在交往中，她會慢慢記起所有的事，會因為今世的蘇慕而寬恕前世的蘇慕遮，於是他的惡運從此而止。他不會沾沾自喜於好運來臨的，他會與她分享，把自己前世欠她的都在今生加倍償還，只要她願意接受……

他彷彿看到雪冰蟬含著眼淚笑了，但是他分不清，那在淚光中微笑的，是前朝溫柔婉孌的小丫環雪冰蟬，還是現世精明強幹的女總裁雪經理？

蘇慕早早地就來到了冰蟬大廈。

出乎意料的是，昨天殷勤熱情的售樓小姐一改往常職業的笑容，粉面含霜，冷眼相向：

「你還真敢來？你害得我被雪經理好一頓罵！什麼銷售經理？我們雪經理一個電話打過去就知道了，你們廠根本沒有購房的打算，而且你已經被炒魷魚了，居然還拿著名片到處騙人，真是『明騙』了。我不報警已經很給你面子。你再也不要上我們這兒來丟人現眼了！」

從小到大，衰歸衰，但是被人這樣夾槍夾棒地臭罵於蘇慕還是第一次，真是汗流浹背，羞愧難當，恨不得就地找個縫兒鑽進去。

那小姐且說：「雪經理吩咐過了，她不會見你的，也永不許你再踏入冰蟬大廈，否則立即報警抓你。」

真小覷了雪冰蟬。她一看到名片已經猜到，哪有銷售經理管購房的，一買二十套這樣的大手筆，至少也該是個副總經理出面呀。難得她仔細，竟然按照名片上的電話事先做了調查。做事如此謹慎而決斷，又效率奇高，難怪可以做到房地產公司的總經理。自己和她的距離，何異於天壤之別？

蘇慕覺得絕望，還有什麼理由可以見到雪冰蟬？索性連以後的路也堵絕了。早知道還不如清心直說，現在可好，不等見面已經留下這樣惡劣的印象，還有什麼機會挽回？

簡直不知道自己是怎麼走出冰蟬大廈的，太狼狽，太丟人了！

一陣如泣如訴的塤樂傳來，彷彿來自地底，是無數冤魂不得投生的呻吟，還是未能修煉成功的群妖在風中不甘心的長歌當哭？

然而事實上只不過是廣場拐角放錄音。

竹葉青又在那裏賣藝。

這次，她把自己化妝成一個吉普賽女郎，五顏六色的頭髮，亂七八糟的短裙，耳朵，鼻子，肚臍，幾乎能穿孔的地方都掛著叮叮噹噹的亮環，星星狀，鑰匙狀，蛇狀，看起來有一種痛楚的豔麗。

她的臉上也有一種先知先覺的痛楚，彷彿悲天憫人，又似教徒佈道——她在向行人兜售星相撲克牌，據說心中默念一件事，然後洗三次牌，從中隨便抽出一張，比照著自己的星座，就可以得出心中所求之事的答案了。

圍觀的人很多。誰不想知道未來的事情呢？茫茫人海裏，不早不晚，你只遇到了他，又偏偏愛上了他，是緣份還是巧合？是飛來豔福還是在劫難逃？

人人都想知道。

蘇慕走上前，無精打采，打一聲招呼：「ＨＩ。」事情已經壞到不能再壞，他不指望她可以幫他的忙，不過，討杯酒喝也好呀。

然而竹葉青不理不睬，彷彿不認識，又好像沒聽見。她頭也不回，只管對著一個雇主舌燦蓮花，解說姻緣：

「這位小姐不要擔心，你說和你男朋友談了三年戀愛，卻一直停留在朋友和情人的交界線上，這是有原因的，我一樣樣說給你聽就明白了。你看，你的生日是十一月六日，天蠍座，他呢，是四月二十三日，金牛座……」

「喂，我今天醒過來發現自己是涼亭裏，是你把我扔在那兒的？」蘇慕問。

竹葉青恍若未聞，顧自滔滔不絕：

「……金牛座原來的意思是財帛宮，這樣的人，把金錢的價值置於一切之上，為了謀利可以犧牲一切，疑心重，最難進入愛情模式了，必須要先給他經濟的安全感，他才會考慮感情這種變性的東西……」

「我問過公園掃地的老伯，他說根本沒有城南酒吧這麼個地方，昨晚你帶我進的是什麼鬼地方？」

「……而天蠍座在阿拉伯語中的意思是『蛻變』，典型的悲情主義者，總是用悲觀的眼光來看世界，沒等投入感情就先覺得難過，覺得受傷害，試問這樣的人怎麼會有主動示愛的勇氣呢？所以，這樣兩個星座的人交往，誰先主動是非常重要的……」

滔滔不絕，頭頭是道，直說得那位面貌平庸的老小姐連連點頭，一臉的崇拜，只差沒有對著竹葉青納頭拜倒，口呼「大師救我！」

「喂，你有沒有聽我說話？」蘇慕覺得惱火，明明是蛇人挑起這一切，如今自己栽了，她倒沒事人一樣，連句安慰的話也欠奉，太不仗義了。

然而不等竹葉青答，那位算命的小姐先急了，她正聽得出神，對蘇慕的一再打岔十分不滿：「要算命排隊去，吵什麼吵？」

蘇慕正想鬧事，最好有誰和自己打上一架，才能發洩盡這一腔鬱悶，索性擺出蠻橫樣子來，故意找碴：「有沒有這麼靈？我也來抽一張算算。」說完，已經伸出手去，從撲克牌中抽了一張在手中，說，「來，給我算算是什麼？」

牌翻過來，尚未待看清牌面，忽然蘇慕只覺手中一空，那張紙牌已經不點自燃，冒出藍色的火苗來。蘇慕嚇了一跳，連忙鬆手，紙牌還在空中，不等飄落已經燒成灰燼，化作一道青煙，飄搖散去了。

眾人譁然起來，蘇慕只覺心頭大震，萬念俱灰。當下只恨不得也化成這一陣青煙，隨風散去也便罷了。

眼前的高樓大廈廣場眾人忽然潮水般退去，逼到眼前的，是一場漫天大火，穿過百年滄桑萬丈紅塵，在蘇慕的心頭轟轟烈烈地燒了起來……

曖閣繡衾，玉枕珠簾。雪冰蟬仰臥在花榻上，無知無覺，宛如熟睡。

蘇慕遮走進來，用吸管蘸著花蜜嘴對嘴地吐入，維持她的生命。

然後，他使她端坐，手心抵著手心，開始練功。

冰蟬已經化為「武媒」半年多了。這半年來，她所有的食宿清理，都要由蘇慕遮親力親為，因為，她是他練功的靈媒，依賴他的存在而存在。換言之，她就是他。

他成了她與外界溝通的唯一媒介，除了她是他的「武媒」之外，他也是她的「生媒」。

小周天功力方才循得一周，忽然聽得屋外嘩聲四起：「走水了！走水了！」猛抬頭，只見窗外火光沖天，將黑夜照得通明。

老家僕驚惶地拍門：「公子，不好了，走水了！」

蘇慕遮披衣疾出，大聲喝問：「是哪裏起火？」

「是酒坊。有人點著了酒坊！」

火光中，只聽得一聲聲酒甕炸裂的聲音，風助火勢，燒得更猛了，眼看救不下來，已經向廂房逼近。蘇慕遮當機立斷：「不要救了，立刻隔斷問鼎樓，不要讓火勢蔓延過去。」

「問鼎樓」為蘇府庫房。蘇家所有值錢物事盡在於此，包括蘇慕遮歷年來從全國各地覓得的賭具珍藏——別的燒了猶可，單說那套戰國時奕秋把玩過的玉子圍棋，孝文帝時吳太子因爭道而被皇太子殺死所使的博局，漢吾丘壽王「以善格五召待詔」進獻皇帝的格五……哪一樣不是獨一無二，價值連城？

蘇慕遮目空一切，傲視天下，自認為武林至尊，故將自己的藏寶處命名「問鼎樓」，取「問鼎中原」之意。早在建立之初，已盡依陰陽五行格局，磚房石門，銅牆鐵壁，並無一絲一木纏夾，只須不停向牆上潑水，不使溫度過高而炸裂，便不致遭毀。

當下所有僕婦牽衣頓足，疏散的疏散，潑水的潑水，忙而有致。蘇慕遮奔波指揮，從容不迫，卻沒有看到，當火光照亮西天，有一隻不合時令的蝴蝶，鼓動著翅膀，在火場上空久久盤旋，終於飛去……

直忙到三更時候，那火勢才漸漸地熄了。雖然酒坊廂房盡毀，幸無一人受傷，而受驚逃散的馬匹牲畜也都找回大半，損失雖大，畢竟有限。

蘇慕遮命眾人先到鎮上客棧休息，只留了幾個老成持重又武藝高強的家丁四下裏守住「問鼎樓」，叮囑若有異動，立即放煙花報訊。

一夜無話。

到了第二天火冷，蘇慕遮開庫房取出金銀，將家人散去大半，各領了錢幣自己謀生去。一小半留下重建家園，自己則輕裘寶馬，暫避仇家捲土重來。

直到這一刻，他才突然記起：雪冰蟬還留在火場未曾搶救出來，竟與蘇府同歸於盡，灰飛煙滅……

「報應啊，報應。」蘇慕喃喃著，心痛如炙。雪冰蟬竟這樣死在大火中，連骨灰也不曾留下。她為蘇府，捐盡了最後一滴血。蘇慕遮，何其殘忍?!

蘇慕覺得心冷。前世的記憶一點點地泛起來，每想起一點，他的懺悔就加重十分。對於前世他對雪冰蟬所做的一切，今生怎樣的懲罰也不為過。他真應該把自己送到雪冰蟬面前，引頸就戮，任她千刀萬剮。

就在這時，他看到一個心痛的身影——雪冰蟬從冰蟬大廈裏走了出來。

「雪冰蟬！」蘇慕大叫，想也不想地衝過街去，一把抓住正要上車的雪冰蟬的衣袖。「你聽我說——」

「什麼人？」雪冰蟬甩開袖子，滿臉不悅。

保安立刻圍上來，護住他們的雪經理，看蘇慕的樣子就像看路邊的一隻癩皮狗：「你是什麼人？有事不到辦公室預約，跑這裏撒什麼野？」

蘇慕努力地從保安的肩頭望過去，嘶聲喊：「我是蘇慕。雪冰蟬，我有很重要的事跟你談。」

「啊，是購房的事是吧？」雪冰蟬的記憶力還真是好，立刻了然，「你這是詐騙知不知道？」

「不是房子，而是我和你——」蘇慕說了一半，已經哽住。什麼叫一言難盡？難道他可以在這馬路邊大聲告訴雪冰蟬說他們前世曾是一對恩怨冤家，今生還有宿債未了嗎？那他不僅是個騙子，更有可能的是被當成神經病。

保安已經開始動手推搡他：「走吧走吧，不要在這裏搗亂，信不信我們抓你去公安局！」

好歹也是堂堂留學生，今世都不曾被人這樣輕賤過。蘇慕簡直想大哭一場，或者大打一架。他豁出去一拳打倒一個保安，再次衝到雪冰蟬面前：

「無論如何，請你給我一點時間，讓我好好和你談一次。我們之間，有個很遠的過去，很長的故事，你一定要聽我把話說完……」

但他沒辦法把話說完，因為物傷其類，所有的保安都怒起來，不由分說，圍住他一頓拳打腳踢。還是雪冰蟬冷冷地說了一句：

「算了，趕他走，以後不要讓他再來就是了。」

前世她有多麼愛他，今世就有多麼憎厭他。

蘇慕完全沒有想到，他們今生的見面，居然不是恨，也不是怨，而是厭惡。

他在保安的拳腳中閃躲著，在人群的縫隙裏，看到雪冰蟬臉上傲慢輕蔑的神情，與此同時，他的腦海中映出的，卻是另一個溫柔婉媚的雪冰蟬，他聽到她對他說：「我可以有一個名字嗎？」

蘇慕哭了。

第五章

一個故事

蘇慕休養了兩天。然後，再去冰蟬大廈。

雪冰蟬的冷漠和保安的無禮把他天性中的倔強全激發出來了，他決定和他們耗上了，雪冰蟬不見他，絕不甘休。

結果，他被帶進了公安局。很丟人，由繼父來保釋。

董教授很是費解：

「我聽說你被服裝廠解聘了，可是怎麼又和房地產公司耗上了呢？據說你謊稱要代表服裝廠購進二十套宿舍詐騙雪冰蟬，但這明明是不可能的事，你也不至於這麼幼稚，這到底是怎麼回事？」

是怎麼回事？蘇慕有口難言。

母親董太太更是愁苦：「慕呀，你越大越糊塗了，這都是不結婚的緣故。男人到了一定年齡，是不能沒有女人的。你還是找個好女孩趕緊成家，安安靜靜地過日子，也讓老媽安心幾天不好？」

也是被逼問得緊，不及多想，蘇慕忽然脫口而出：「媽，你儘管放心，我一定會把雪冰蟬娶回家的。」

石破天驚。董教授先生太太一齊俯身過來：「你說什麼？」

「我說雪冰蟬就是我女朋友。」一不做二不休，蘇慕索性信口開河，全當給舌頭過生日，也出出這幾日的悶氣，賺個口頭痛快。「我們交往已經有段日子了，不過她個性太強，所以打打鬧鬧的老是分分合合，要不怎麼一直沒有帶給您過目呢。」

「雪冰蟬是你女朋友？」董教授匪夷所思，「那她還告你進警察局？」

「耍花槍嘛。她是氣我辭職沒告訴她，就拿著我的過期名片報假案，教訓一下我。您想，我怎麼可能去詐騙呢？二十套房子，就算人家信，我也沒錢下訂呀，根本就不可能成功的事，我騙什麼？」

「倒也是……」董太太猶疑起來，「可這女孩子脾氣也太大了吧，一不高興就把男朋友往警察局送，這樣的兒媳婦可夠嚇人的。」

「職業女性做事難免尖銳些。」董教授倒釋然了，「過些日子趕緊去道個歉就是了。交女朋友嘛，就是要多哄哄對方，就像我對你媽這樣。」

教授呵呵笑起來，董太太紅了臉，嗔道：「老不正經。」

蘇慕忽發奇想：「教授，您對我媽這樣好，是不是上輩子欠了她？」

董太太一愣，斥道：「這孩子瘋了，越發胡說八道起來。」

笑過了，董教授避開太太，將蘇慕拉到一旁，小聲問：

「我在麻將協會耽個理事的閒職，最近他們要搞一次麻雀大賽，你也報名吧？」

「我不。」蘇慕斷然拒絕，「小賭怡情，大賭傷身。我這點本事，玩玩還可以，參加比賽，哪有那個運氣？」

「報不報名隨你，不過我今天看到雪冰蟬的名字倒是想起來了，參賽人中好像有這麼一個人，因為名字很特別，所以我一看就記下來了。不知道和你女朋友是不是一個人。」

「雪冰蟬？」蘇慕大叫，「我一定要贏她！」

賭賽在一周後進行。

在這一周裏，蘇慕做的事可真不少：訂做了一套西裝，理了一次髮，應聘了一個新職位，還到花店訂了整整一個禮拜的花，天天送往雪冰蟬辦公室，只寫「麻將賽場見」，不署名，省得她給扔出來，再說，也給點懸念。

最重要的是，在這一周裏，董太太為了更多地了解自己的「未來兒媳婦」，迫使董教授動用各種社會關係，將雪冰蟬的背景調查得清清楚楚：父親是北京某政界要人，母親是鋼琴家，她自己學金融貿易畢業，卻投資房地產，是近年來地產業的新起之秀，與青年才俊——「雲天花園」的鍾來是出了名的地產界金童玉女。雲天是港人投資，鍾氏家族企業，而鍾來是最新一代接班人，據說他目前正在追求雪冰蟬，攻勢還很猛呢。

董太太憂心起來，問兒子：「這鍾來可比你來頭大多了，慕啊，你是人家對手嗎？」

蘇慕暗暗叫苦，唉，做人真不能隨便說謊，不然隨時要準備十句謊話來周全。他只有硬著頭皮笑答：「有情飲水飽，冰蟬什麼都有了，才不會在乎錢呢。她看上的，是我這個人。」

「是嗎？」董太太狐疑，「可是你這個人，又有些什麼好處呢？」

蘇慕一口茶噴出來：「媽呀，人家都說子不嫌母醜，你這做母親的，也不好太嫌棄兒子是不是？」

同時董教授的資訊靈通讓他覺得驚訝，如此手眼通天，只怕自己的加拿大假學歷也瞞不過他法眼，是礙於情面才沒有說破的吧？

他對這位繼父越發敬重。

幾個世紀前，蘇慕遮和雪冰蟬也常常會小賭一局。

「冰蟬，陪我對一局。」他對她說。

她除了聽從，還有什麼選擇？

來到蘇府以後，為了投其所好，她除了精心釀酒之外，同時還博覽群書，研習賭術。心情好的時候，他會點她來獻酒，然後花亭玉几，同她把酒對奕。

紅泥小火爐，青梅落棋子。那是他們的良辰美景。

贏了，就讓她彈琴或是歌舞；輸了，就回答她一個問題，或者為她做一件事。

可是，他從來沒有輸過，包括輸給她。

有時他也會好奇，問她：如果你贏了，想讓我做件什麼事呢？

「如果你贏了」，他這樣問，而絕不會說「如果我輸了」。他最忌諱的，就是這個「輸」字。

公子，我希望可以請你聽我講一個故事。冰蟬回答，低下眉，眼中閃過一絲悲苦盼望。

她眼中的那絲悲苦，後來也隨著眼淚留給了蘇慕遮，無論他取得怎樣輝煌的勝利，譽滿賭壇，眼中始終帶著那抹愁苦，不見喜色。

蘇慕歎息。一個故事。雪冰蟬要給蘇慕遮講的，究竟是一個什麼樣的故事呢？

真不敢相信世上會有蘇慕遮那樣的人，居然從來都不肯拿出時間和耐心來聽聽一個一心為他奉獻的小女子的心聲，因為他唯恐彩頭不好——他輸了，就要聽她的故事；那麼聽她的故事，豈非預示著他會輸？

雪冰蟬真是選擇了最笨的一種方法。為了那莫須有的忌諱，至死，他都沒有問過她那個故事的真相。

如果今世的蘇慕問她，她會說麼？

大賽在某酒店沙龍舉行。

由董教授致開場辭：

「麻將，又稱馬將，也稱麻雀將，是自清代到現在唯一盛行不衰的賭博工具，由馬吊牌，宣和牌，碰和牌，花將牌相互影響而形成，杜亞泉《博史》有云：『天啟馬吊牌，雖在清乾隆時尚行；但在明末時，已受宣和牌及碰和牌之影響，變為默和牌……默和牌受花將之影響，加東西南北四將，即成為馬將牌。』徐珂《清稗類鈔》則云：『麻雀，馬吊之音之轉也。吳人呼禽類如刁，去聲讀，不知何義？則馬雀之為馬吊，已確而有證矣。』又《京華夢錄》記載……」

引經據典，「之乎者也」半晌，直說得眾賽手昏昏欲睡，而後正式比賽才開始。

起初蘇慕手風甚順，過五關斬六將，一路披荊開道，很快殺進決賽圈。所謂不是冤家不聚頭，參與決賽的四個人，正是蘇慕，雪冰蟬，鍾來，和董教授的一個學生陳正義。

四個人擲骰子分了東南西北，四下坐定。蘇慕十分唏噓，到底和雪冰蟬坐到同一張桌子旁了，可惜旁邊還有兩個不相干的人，什麼鍾來，什麼陳正義，這是他蘇慕與雪冰蟬的恩怨之爭，關別人什麼事？尤其那個鍾來，看他對雪冰蟬的殷勤勁兒，怎麼就那麼看不順眼呢？都是參賽的選手，各坐各的好了，他可真做秀，還特意先繞到雪冰蟬身後替她把椅子拖出推進，旁邊站著侍應生呢，用得著他這麼巴結嗎？

蘇慕覺得說不出來的嫉妒不耐。然而就在這時候，他忽然想起來了。

他想起來了！他知道鍾來是誰了！

杭州知府大少爺金鐘是江南出了名的風流才子。好賭，好色，好酒，好戲，但聞有佳麗名伶，好酒珍釀，一定要千方百計，據為己有。聽說蘇府有位歌舞俱佳又擅長釀酒的絕世佳人，不禁心癢難撓，恨不得立時三刻弄來府中。

他自己視金錢如糞土，不惜千金買一笑，便以為別人也都是一樣，如果向蘇慕遮明求雪冰蟬，蘇慕遮一定不肯割愛，便想著用個什麼方法騙了來。知道蘇慕遮好賭，於是他便下帖子以設賭局為名，請蘇慕遮來杭州一聚。

蘇慕遮逢賭必戰，不疑有他，立即帶了雪冰蟬南下。這時的他，已經習慣了雪冰蟬的服侍和陪伴，片刻離不了她。然而正因為冰蟬太溫順服從了，以至於習慣成自然，蘇慕遮享受著這一份稀世的溫情，卻從來沒有意識到。金鐘見了雪冰蟬，驚為天人，強抑住心頭的渴慕激動，邀請蘇慕遮往迷園飲酒。

所謂「迷園」，其實是個賭局。在當時的達官貴戶人中十分盛行，就是在建設自家花園時，一切依足五行八卦棋的格局，何處種樹，何處插花，何處小橋流水，何處怪石嶙峋，都要依足規矩，並且在每一景的明顯之處懸花燈，燈裏藏著棋牌令，寫著摘燈的人或者清歌一曲，或者豔舞一番，或者罰向在座人敬酒一巡，或者獎賞再進一步直接到達下一景點。先達終點者為勝。

遊園的人也是賭賽的人，擲骰子計點數，然後依點數進退，到達各景點摘花燈，並按花牌令歌舞賞罰，逗趣取樂，是公子哥兒們最熱衷的遊戲。通常少爺們聚到一起，可以自己玩，互相取笑賭賽；也可由各自帶的婢女代替自己摘花燈，他們只管擲骰子喝酒看戲。贏了的人，除了預先說好的彩頭之外，往往會將摘燈婢女設為彩頭，贏了的人就將對方的婢女帶走。

在那時，男人不把女人當人，主人不把僕人當人，以美女為賭注的博戲十分平常，幾乎可以引申到任何一種賭局中。

金鐘此次便是以賭為餌，期望贏得美人歸。

「蘇兄覺得我這座迷園如何？」

「巧奪天工。」蘇慕遮讚美。

「承蒙蘇兄看得上。那麼，就以它為彩頭如何？蘇兄如果贏了，迷園便歸你所有。如何？」金鐘哈哈大笑，以遮掩自己的緊張和在意，「雖說君子不奪人所好，但若小弟僥倖取勝，蘇兄可肯割愛？」

「凡我所有之物，金兄盡可挑選。卻不知金兄看上了什麼？」

「我看中的，並不是任何珠寶物件，而是您的這位紅顏知己，雪冰蟬姑娘！」

蘇慕想起來了，數千年前，他和金鐘有過一場賭。

但是，賭局的結果呢？金鐘帶走了雪冰蟬沒有？

沒有！他一定沒有！不然雪冰蟬後來就不會再為自己喝下那碗忘情散，並因此葬身火海，以身殉了蘇府！

前世的蘇慕遮，從來沒有輸過。

可是前世的蘇慕遮，後來的結局又怎麼樣呢？為什麼會冤魂不散，延至今世？

自忘情散和火難之後，又發生了什麼故事？失去了雪冰蟬的蘇慕遮，是快樂還是悲傷，抑或，依然無情？

已經來不及再回憶下去了，主持人開始宣佈決賽特別規則和獎項。

蘇慕舉手打斷：「我不要獎品。」

「那你要什麼？」這個壓軸高潮前的插曲讓主持人十分興奮，「請大聲說出你的條件。」

「如果我贏了……」蘇慕環視四周，然後定定望住雪冰蟬，「請雪小姐給我時間，聽我講一個故事。」

「一個故事？」觀眾席上一片私語聲，連主持人也忍不住驚呼，「如果不是時間有限，我倒真想現在就來聽聽蘇先生的故事。雪小姐，您對這個附加條件怎麼看？」

「我接受。」雪冰蟬面無表情地回答。

「我接受。」蘇慕遮無所謂地指著雪冰蟬對金鐘說，「如果你贏，就把她留在金府。不過，用她交換迷園，好像有些虧待金兄。」

「若能得到雪冰蟬，就是整個金府給你又如何？」金鐘喜笑顏開，「古有謝安賭墅一說，小小迷園算得什麼？」

「賭墅」一典，出自《晉書・謝安傳》：

太元八年，前秦苻堅傾全國之力南侵，朝廷請謝安為征討大都督。沙場之上，謝安運籌帷幄，指授將帥，揮灑自如。兵臨城下，其侄謝玄入帳問計，謝安若無其事，卻輕描淡寫地向謝玄邀戰對奕，並且以別墅為賭注。帳外千軍萬馬，殺聲震天，帳內卻是波瀾不驚，花香酒暖。謝玄棋藝本來高於謝安，但因為心中緊張，輸給了謝安。而這時，帳外軍事已決，大勝秦軍。正所謂談笑間強虜灰飛煙滅，直當此時，謝安才起身離座，始露疲態，甚至在過門檻時竟折斷了屐齒。自此，謝安棋技名聞天下，只為，他贏得的不止是一座莊園，一次戰事，更還有一片豪情，一世英名。

蘇慕因拱手說：「古道俠風，金兄的確有謝安豪情。」

金鐘大笑：「萬萬不敢當，區區迷園，何足掛齒。」

當一個人說「萬萬不敢當」的時候，他的心裏多半是自負「敢當」之至的。但是嘴上卻偏偏非常自謙地說：「拋磚引玉耳。」

迷園是磚。雪冰蟬是玉。

貴介公子的言辭的確含蓄文雅，句句是典。

蘇慕遮淡淡一笑，不再置辭，只隨手取了一枚骰子，看也不看，反手擲去……

十三張牌翻起：一四七九筒，二五七八萬，東西南北風，外加一隻孤零零的么雞！

蘇慕暗暗叫苦，天下還有比這更爛的牌嗎？

雪冰蟬痛快地答應了聽他的故事，讓蘇慕反而驀地緊張起來。那麼這一局，對自己的意義可就事關重要，不同凡響了。他幾乎後悔沒有事先做做手腳，賄賂一下有可能進入決賽圈的選手，讓他們出老千保自己贏。

不過話說回來，就算真那麼做，憑自己的財力和運氣，也未必說服得了別人，說不定再次被雪冰蟬查破真相，那才真是連賭品都輸進去了。而且，真說到出老千，鍾來也不會幫著自己，他自己不出老千就已經謝天謝地了。

摸九條打四筒，摸一萬打五萬，紅中，白板……七八輪下來，蘇慕居然每手都是一九，不知不覺做成了十三么停牌。他看著手中的牌，只覺手心裏都是汗：一萬，九萬，一筒，九筒，么雞，九條，東西南北中，白板作對——只差一張發財，就可以做成十三么大牌，離勝利只有一步之遙！

發財！發財！發財！大拇指輕輕摸過牌面，花溜溜，又是一隻么雞。安全起見，留下，打白板。再一張，麻酥酥，生張，八筒，好不危險，但是留它何用？豁出去了，打！

碰！對門雪冰蟬不動聲色，推倒兩張八筒，合成一副牌。

好在只是碰。蘇慕暗捏一把汗，緊張地盯著上家金鐘，他可不要在這個時候犯沖啊。

么雞！嘿，自己不敢打的牌，他打了。

蘇慕再摸牌。發財發財！他暗暗念著，只差沒有喊出聲來。天不從人願，是張九條，又成對兒了。蘇慕閉了閉眼，留九條打么雞，安全嘛。

吃。下家陳正義微笑：就等這張牌看停呢。

嘩，又一家停牌了。蘇慕看看雪冰蟬，她那副氣定神閑的樣子，好像也早停了吧？

陳正義出牌。紅中！唉，為什麼是紅中不是發財呢？

碰。又是雪冰蟬！難道她在做大三元？白板，熟張兒。

鍾來討好地笑：「雪小姐做生意精明，打牌也這麼沉穩，真是女中豪傑！」

蘇慕心裏罵娘，打牌就打牌，哪裏這麼多廢話？而且，打什麼不好，竟然打九萬，又讓下家陳正義碰了去。讓自己枉伸一回手，連摸牌的權力都給剝奪了。

咦，陳正義不是已經停了嗎？怎麼還碰？

停口不好。陳正義笑，換張牌單釣，五筒。

原來是屁和。蘇慕輕蔑地笑，看來單釣的牌不是三筒就是七筒了。

雪冰蟬摸牌，不打出來，反而和手中的三張牌一起按倒，暗杠。難道她不是大三元而是大四喜？蘇慕看著手中的牌，紅中可是在自己手上，她到哪裏去開杠呀，豈不害了她？暗杠？地上還有什麼牌是一張沒見面的？難道……

正想著，雪冰蟬已經自牌尾另摸一張牌，微笑打出，四筒。

推！陳正義將牌推倒，不好意思，單叫四筒。

金鐘嘩地一聲，替蘇慕說出心聲：你三六筒不和釣四筒，什麼玩法？

想開杠嘛。陳正義憨憨地笑，這麼小的和，還不如杠一回呢。

嘿，真不愧是董教授的弟子，迂得可以。

雪冰蟬也笑著翻開牌來，真是的，我輸了，可是有杠不算輸，也還好。

那倒伏的四張牌，一式一樣，花花綠綠，正是四張發財！

而那張發財，本來應該自己摸！

蘇慕除了暈倒，無話可說。天意絕他，夫復何言？

「碧雲天，黃葉地，秋色連波，波上寒煙翠……」雪冰蟬唱著，舞著，歌聲哀婉，舞姿蕭條。

一次又一次，蘇慕遮這樣絕情地，冷漠地，將她做賭注，隨時隨地將她置於飄搖之地。他真的，那樣不在乎她，願意放棄她？

那麼多的風朝雨夕，溫爐把酒，紅袖添香，難道他就不顧惜，不留戀？如果自己真的離開他，他會想念自己嗎？

不，他不會的，他那樣的人，心裏眼裏，從來沒有感情二字。

雪冰蟬心碎神傷，將袖子緩緩遮過面頰，輕輕取下，一舒一卷之間，已經換作一張宜嗔宜喜桃花面，輕歌曼舞，俯仰樽前：「黯鄉魂，追旅思，好夢除非，夜夜留人醉……」

歌聲蛇一樣地遊進心裏，一片冰涼。蘇慕心中悽楚，臉上黯然，站起來轉身離場。

所有的人都以為是他輸不起，行動見於顏色。卻沒有人知道，他輸掉的，可不只是一場麻雀賽，甚至不只是一座謝玄別墅，而是一次重生的機會。

董教授自以為明白這個繼子的心事，走過來拍拍他的肩膀說：「年輕人，別太心盛，追女朋友老是贏可不行，得擅於服軟認輸。哄哄她吧。」

「好！」反正已經輸，索性輸到底。蘇慕忽然立定，轉身，當著全場選手和觀眾的面徑直走到雪冰蟬面前：「雪小姐，我知道我輸了，已經沒有資格再請求你。可是，不作為比賽的獎品，只單純是我個人的請求，可不可以，給我一點時間，讓我跟你講一個故事。」

「三分鐘。」雪冰蟬看著他，「明天早晨九點，冰蟬大廈。」

第六章 孟婆湯與忘情散

蘇慕遮終於練成絕世武功，絕情滅性，戰無不勝。但是唯有一點：每每運功時，他的心裏就會湧起難言的痛楚，哀傷欲絕。

眉宇間恒常有抑鬱之色，彷彿有著許多不平心事，眼神悲苦難當。

蛇人問：「蘇兄有什麼傷心事麼？」

蘇慕遮搖頭：「我也不清楚，只是每每發功，心中便有多少痛苦似的，有種想哭的感覺。」

「哦？」蛇人大為奇怪，取出一面造型極粗陋鏡面又突窪不平的鏡子說，「我來照照你的心裏到底有些什麼？」

他照了良久，忽然問：「那雪冰蟬在喝藥前確定是笑著的麼？」

蘇慕遮答：「是笑著的。」

蛇人又問：「有沒有什麼異常的表現？」

蘇慕遮苦思良久，忽然說：「我想起來了，她好像流了一滴淚在碗裏，你問這個幹什麼？」

蛇人恍然大悟，說：「這就難怪了。我說你本是無情無欲之人，又練的是至剛至堅的武功，何以眼底卻溢滿憂傷之色，而心裏面，又有一顆珍珠型物事，卻原來，是雪冰蟬的一滴眼淚。」

「一滴眼淚？」

「不錯。那碗忘情散是無情藥，服了後本會消散所有的人之常情，喜怒哀樂。可是雪冰蟬在服藥之前滴了一滴淚在碗裏，這就使她的感情散得不夠徹底。而這滴淚，又在你運轉小周天功力時進入了你的體內，常留心底，形成固狀晶體，這就像一隻蚌孕育一顆珠那樣，把它永久地留了下來，成為你功力和思想的一部分，每次運功，都會驚動那顆珠淚的核，釋放出它的悲苦與癡情，使你動心流淚。」

「原來是這樣……」

蘇慕遮沉吟，忽然暴喝：「都是雪冰蟬這賤人害我！」

此語一出，連蛇人也詫異：

「蘇慕遮可真不愧是天下第一無情無義之人。雪冰蟬為你喝下忘情散，變成一具行屍走肉供你練功，你不但不感激，反而怨她犧牲得不夠徹底。這樣絕情，真是冤孽，只怕會有報應！」

……

冰蟬大廈。十七樓總經理辦公室。雪冰蟬憑窗而立，望向廣場拐角的人群。

竹葉青在那裏吹笛子賣藝。笛聲悠揚，婉轉，帶著種說不出的清悽愴惻。每當笛聲響起，就連風也好像在聽從笛聲的驅使，有節奏地左右拂擺。

笛的表情是人，風的姿勢是柳。當笛聲響起，所有聽的人臉上都露出一種難以形容的悲苦之色；而當風拂過，柳條便若有所屬地分合飛揚，婆娑伴舞。

今天竹葉青的角色是個擺殘局邀賽下象棋的。這在古時又叫做解玲瓏，是一種雅戲。就是由棋主擺出一盤一步將軍的殘棋，看似無法可解，又似無限生機。

彩注就是那只通體晶瑩的玉笛。輸了，笛子歸人；贏了，則不拘多少，在棋盒裏拋幾枚硬幣即可。因此來對奕的人倒是很多。

很明顯，竹葉青的目的旨在邀賽，不在贏利。

這個奇異的蛇女，雪冰蟬已經留意她很久了，她注意到，蛇人竹葉青常常在表演的間歇抬起頭望著冰蟬大廈。距離隔得遠，她們彼此看不清，但是感覺上好像目光已經在空中相撞了。

每當這時候，雪冰蟬心頭就有一些似暗似明的念頭湧起，彷彿在呼嘯的風中聽到遠祖的呼喚，可惜記憶被城市的車轍輾碎了，零亂地灑了一地，不可收拾。

她想，這笛聲我聽過的，在哪裏呢？

有人敲門。敲散了幻覺，敲斷了笛聲。

那是冰蟬的秘書佳佳，她捧著一束紅玫瑰走進來：「花店送來的，我替您簽收了。」一邊細心地插瓶一邊豔羨地說，「鍾先生真是大方，一天一束，已經是第八天了。」

「別胡說，卡片上又沒有署名，怎麼知道是鍾先生。」雪冰蟬雖然嘴上這樣說著，心裏卻也以為是鍾來。除了他，誰會有這樣的閒情雅致呢？

在今天的社會，送花給心儀的女子並不稀罕，稀罕的是送花的人始終不留姓名，卻每每在卡片正背面各留一句話，背面是「麻將賽場見」，正面是句詩。

第一天是「碧雲天，黃葉地。」

而鍾氏物業正是叫作「雲天花園」，自此佳佳便認定了送花人是鍾來。

第二天是「秋色連波，波上寒煙翠。」

接下來每天一句，一連八天，漸漸連成一首詞，范仲淹的《蘇幕遮》。

到今天，正是最後一句：「酒入愁腸，化作相思淚。」而那句「麻將賽場見」卻沒有了。

這讓雪冰蟬越發認定是鍾來的手筆。昨天，可不是已經在麻將賽場上見到他了麼？

對於鍾來，冰蟬並不討厭，甚至很欣賞他。雖然鍾氏是家族企業，可是如果誤認為做企業接班人的一定是紈褲子弟就錯了，事實上，真正的貴族子弟，從出生那天起就要接受嚴格的訓練，以免將來擔不起家族的大業。所以他們一定會是後裔子孫中最優秀最堅忍的，不然，也不可能坐上這個龍頭的位置。

鍾來便是這樣一個既得天獨厚又自我克制的好青年，他具備了一切作為大企業領導人的素質和能力，他甚至有齊天下男人所希望擁有的天賦和條件：財富，權力，健康的體魄，豐富的學識。他甚至連俊美的外形都有了，人世於他，還有什麼缺憾呢？

然而，大概也正因為鍾某人太過完美無缺吧，雪冰蟬反而覺得索然無味，對他那樣的人，感情是什麼呢？錦上添花的一種點綴而已。追求只是個姿勢，其實在他心底裏，早已將自己視為囊中物了吧？

是因為這份抗拒，才讓冰蟬對鍾來始終是若離若即，打了一年多散手，卻一直沒有像眾人所猜測的那樣珠連璧合。好在兩個人都年輕，不覺得時間用來浪費有什麼不妥，權作是一種消遣也罷。

「酒入愁腸，化作相思淚。」她輕輕吟哦，心底湧起一股難言的淒惻。

這是怎樣的一首詞哦，那樣旖旎的良辰美景，卻有那樣深刻的無可奈何。

面前的豪華大班桌及滿桌文案忽然如電影佈景一般地淡下去，房間中似乎突然起了一陣霧，一切都朦朧，而主題從褪色的背景中漸漸鮮明，她彷彿看到一幅畫面，是「蒹葭蒼蒼白露為霜」那般的意境，清清湖水，倒映雲影，有秋葉輕輕飄墜，而湖上淡煙飛起，隨風搖曳。有一男一女在湖邊踏著落葉漫步，輕聲細語，他們在說些什麼？他們可是情侶？

冰蟬相信那冥想中的女子一定是自己，那是一個束髮纏腰的古時女子，有盈盈雙目，纖纖十指，她走在湖水邊，手裏執著一隻玉笛，邊走邊吹，宛轉悠揚，直將人帶回那遙遠的古代……

可是那男人呢？是誰呢？她幾乎可以看清他的模樣：

——他的眼睛又黑又深，帶著一種冷淡的憂傷，唇緊抿著，說話的聲音低而陰沉，每個句子都很短，彷彿對說話這件事很不耐煩似的。

也許，這是因為語言對於賭徒來說實在是多餘的，他只看重他一雙手。

他的手，清瘦然而有力，指甲修剪得非常整齊，哪怕只是端起一隻纖細的杯子，那雙手也會顯示出一種不容置疑的穩重；所有的賭具一旦經過他的手，就會變得特別溫馴聽話，唯他是從。

所謂得心應手，它們似乎隨時都在準備著為他的一雙手聽命服務。

偶爾，他拔劍的手也用來作畫。

他的畫技雖然沒有他的劍術高明，卻也自成一格。

因為他的手很穩。

一隻很穩的手握筆，畫出來的畫總是不會太差的。

有一次陰雨連天，他閑來無事，為她畫了一幅七尺荷花……

荷花圖？自己什麼時候見過一幅七尺潑墨荷花呢？

幻境縹緲蒼茫，如同海市，令人恍惚而又嚮往。

那靜翠湖，那湖邊的男人，那男人的手……

一個賭徒。

雪冰蟬對自己沉吟，她想起鍾來坐在麻將桌旁的模樣，只覺似是而非。

她從來都不覺得他是一個浪漫的感性的人。他們在社交場所常常見面，也私下裏約會吃過幾次飯，言談也還愉快，從天文到地理，從經濟新聞到政治緋聞，有來有去，有說有笑。但，不過如此。吃頓飯沒什麼，飯後喝一杯咖啡也尚可忍受，但是再坐下去，就會覺得疲憊。熱戀中的人，應該不是這樣的吧？那些恨不得一分鐘當一輩子來用的年輕情侶，不是希望形影不離永夜無晝的嗎？

但是如今他忽然浪漫起來，開始玩起匿名送花，聯句成詞的遊戲，這讓雪冰蟬覺得意外，也有些沾沾自喜。這樣地別致，是用了心思的呢。

她猜測，到這首詞完整的時候，送花的人就會現身。

今天，就是第八天。

這時候，佳佳接電話進來：「雪經理，是鍾來先生。」聲音裏透著笑。

冰蟬也不由微笑，她想她又猜對一次，果然送花人現身了。

鍾來在電話中並沒有提到一句關於花的事，只說想請雪小姐共進晚餐。

「可是我晚上已經有約了。」

冰蟬翻翻記事本，說道：「中午也約了人……現在？現在倒是有時間的。一起喝咖啡？好吧。在哪兒見？……不用接來接去這麼麻煩，我自己開車過去吧。」

正在補妝，又有電話接進來，這次是保安。「雪小姐，那個蘇慕又來了。他說是您讓他來的。」

「哦，」雪冰蟬想起來，「是我讓他來的。」

「讓他上樓嗎？」

「不，叫他在大廳等。」

雪冰蟬乘專用電梯下樓，果然看到蘇慕已經等候在大廳休息座，仍穿著麻雀賽那天的西裝。

大概，他也只有這一身西裝吧？雪冰蟬在心裏暗笑一笑，不過你別說，穿黑色西裝的蘇慕還真是帥氣瀟灑，那一種與生俱來的貴氣甚至比鍾來也毫不遜色。那天在賽場，他坐在鍾來旁邊，從容鎮定，不卑不亢，倒更像一個貴公子呢。也許就是因為這一點，雪冰蟬才會衝動地答應了他來冰蟬大廈見面的請求吧？

蘇慕見到雪冰蟬，禮貌地站起來，儘管努力克制著，卻仍然明顯地流露出緊張和激動。

雪冰蟬走過去坐在他對面：「請說吧，但是記住，你只有三分鐘。」

蘇慕愣一愣，心裏那顆淚珠又隱隱地疼痛起來，忍不住暗歎了一聲「報應啊」——前世的蘇慕遮對雪冰蟬有多麼冷若冰霜，今世的雪冰蟬就對蘇慕有多麼居高臨下。

她俏麗的面孔緊繃著，雙目炯炯，審視著蘇慕，眉宇間隱隱露出一股煞氣，不怒而威。

蘇慕歎一口氣，的的確確，這是冰蟬房地產的總經理雪小姐，不是前世那個粉面含春的小丫環雪冰蟬。他清咳一聲：「雪小姐，你相信人是有前世今生的嗎？」

「你要給我談玄學還是講神話？」雪冰蟬皺眉，再次提醒，「請進入正題，三分鐘後，我要失陪了。」

蘇慕再歎，不得已，只好言簡意賅，講起故事梗概：「千年前，你和我在前世有過一段恩怨，我是一個賭客，你是我的婢女，為我喝下一碗忘情散，變得無情無欲，忘記了所有的事。但是你的眼淚留在我的心裏，讓我永世難安。只有你想起來那些事，並且原諒我，我們的恩怨才會了……」

他說著，自己也覺是天方夜譚，如此荒誕的故事，說給誰聽，誰會相信呢？

雪冰蟬已經夷然變色：「我早知道不該在你身上浪費時間。你幾次三番來搗亂，就是為了跟我編造這樣一段荒誕不經的新聊齋？簡直當我是白癡。我再也不想見到你了。」

「但是，我說的都是真的，請你好好想一想，你真的一點印象都沒有嗎？」

蘇慕苦苦請求，盡最後一分努力，「你曾經留給我一滴眼淚，所以我才會記得所有的事，而你卻忘了。但是你一定會記起來的，那樣深刻的感情，那樣徹底的犧牲，你不會真的完全忘記。你曾經說過，你所有的錯，就是愛上我……」

「我一生中，唯一的錯，只不過是愛上了你。就因為我愛你，你便可以任意羞辱我，輕薄我，討厭我！愛你，是這麼不可饒恕的錯嗎？」

冰蟬的淚流下來，她握起了拳頭，悲憤地說：「什麼時候不愛了，什麼時候才可以做回自己的主人。我只想有一個辦法，可以棄情絕愛！」

「棄情絕愛？」蘇慕遮心裏一動，轉過身來，專注地打量著她，「你真的想把我忘掉？如果能忘掉我，你什麼都肯做？」

她不語，深深地看著他，眼裏燃著愛與痛的火焰。

他哈哈地笑，輕佻地說：「很簡單，只要你替我做一件事，我保證你從此以後都會沒有任何煩惱，再也不必因為愛我而痛苦。」

「什麼事？」

「替我喝了這碗藥。喝了這碗藥，你就成為一個無情無欲的人了，就再也不必為了任何感情而苦惱。」

冰蟬猶豫了，她想忘記蘇慕遮，想不再愛他，不再因為愛他而痛苦。可是，她並不想成為一個「非人」哦！一個「完整」的人，怎麼可以沒有感情，沒有愛恨悲喜？那和死了又有什麼區別？雖然，她願意為蘇慕遮而死，可是，不能死得這麼沒有價值！

蘇慕遮看出了她的猶豫，不耐煩地說：

「是不是不願意啊？不願意就說出來好了，我不會勉強你的。我從來不會勉強任何人做任何事，不願意，你就走開，別再讓我看見你！」

冰蟬一咬牙，站起來便走。

走到門邊，卻又遲疑起來，回過頭，趑趄不前，又徘徊不去。

蘇慕遮抓住她的弱點，使出最後一擊：

「雪冰蟬，喝下這碗藥，就是成全我。從此，你可以再不必為我煩惱傷心；而我，將因為你的犧牲而永遠記得你。」

冰蟬眼睛一亮：「你會記得我？永遠不忘記我？」

「會！」蘇慕遮慫恿地說，「喝吧，這是一舉兩得的事，你喝了它，我會感激你，永遠記住你的。你是一個為我犧牲的女人，我怎麼會忘呢？」

冰蟬深深地看著蘇慕遮，他說得這樣輕佻，這樣隨意，她知道他是沒有任何誠意的。可是，只要他肯說，她便肯信，他對她說的所有話都是聖旨，哪怕他是騙她，他肯騙一騙她，也是好的。

情絕。

她終於低下頭，決絕地說：「好，我喝！」

綠色的湯汁，濃稠的，泛著青煙，充滿詭異的色彩，意味著冷漠人生與恩斷情絕。

冰蟬端起藥碗，最後看蘇慕遮一眼，像要把他望進永恆。「蘇慕遮，」她不再喊他公子，而直呼他的名字，「你真的不會忘記我？」

「不會。」

她微微地笑了，低下頭，一滴眼淚落在碗裏，濺起一圈漣漪，然後，再一仰頭，一飲而盡。

那是世界上最深摯最純真的感情，卻滴入最無情無義的藥碗裏，合作一杯苦汁，讓這個為情所苦的癡心女子甘之如飴。

一碗忘情散，化為孟婆湯，從此，隔斷了陰陽愛恨，恩怨情仇。

雪冰蟬的前世今生，就此一分兩絕！

然而人世間的愛債情緣，又哪裏是芸芸眾生自己可以調撥搬弄的？蒼天在上，冥冥間自有時間大神掌管生死簿，忠實地記錄下一筆筆一樁樁，今世的辜負，要他們來生償還，一啄一報，毫釐無失。

冰蟬前世為蘇慕遮所做的，蘇慕註定要在今世連本帶利，加倍奉還。只是，冰蟬卻忘記了他們曾經的所有恩怨，除卻厭煩和輕視，她對蘇慕沒有半分留情。

蘇慕歎息，現在，他情願喝下忘情散的人是自己，他終於明白：記得，是一件多麼痛苦的事，而辜負，又有多麼絕情。他徒勞地，悲哀地，一遍遍問著冰蟬：

「你真的不記得？前世恩恩怨怨，悲歡離合，我們經歷了那麼多的同生共死，你真的，都不記得了嗎？」

「你到底在說什麼？」冰蟬不耐煩地退後一步，滿臉厭惡，一如當年蘇慕遮之於她。她揮揮手對保安說，「把這瘋子拉出去，以後都不要放他進來。」

保安答應一聲，又問：「要是他強行闖進來呢？」

「報警。」冰蟬簡截地回答。

連保安都悚然動容：「上次已經報過警，這小子有前科，再報警，只怕真要判刑的。」

冰蟬卻面無表情，絲毫不為所動：「這種人，應該待在精神病院裏，要麼乾脆進監獄，根本就不配有自由。」

自由！蘇慕萬念俱灰，冰蟬當年說過的話響在耳邊：什麼時候不愛了，什麼時候才可以做回自己的主人。

前世的雪冰蟬一直在渴望自由，而自由的通道，是忘情棄愛。如今，她終於做到了，卻反手把他關進了痛苦的監牢，帶著感情的枷鎖，舉步唯艱。報應啊！

他低下頭，一字一句地說：

「好，我走，以後也再不會來煩你了。今天你所做的一切，我都不會怨你，因為這一切，都是我應得的，是我欠你的！我該去承受。再見。」

他轉過身，踉踉蹌蹌地走了。

冰蟬卻絲毫沒有輕鬆的感覺，反而若有所失。他最後說的話，是什麼意思呢？他和她之間，有過虧欠嗎？蘇慕哀傷的背影深深打進了她的心裏，使她似乎記起了一些什麼，卻又想不分明。

她第一次有些懷疑：自己和蘇慕，也許真的有過一些過去，一些被她忘記了的過去吧？

她想起那個關於碧雲天黃葉地的畫面，想起畫面中踏著落葉在湖邊散步的儷影，剛才蘇慕說他們前世有過很深的淵源，莫非，那個湖邊的男人，竟會是他？

第七章

沉默是刀

七　沉默是刀

蘇慕走在街上，走在人群中，卻感覺走在沙漠，走在大江邊，有種風蕭蕭兮易水寒的悲涼，心裏既空洞又滿溢。

空洞地覺得萬念俱灰，同時又充滿了莫名的悲哀和沮喪。

不僅是因為雪冰蟬拒絕了她，更是因為越想起前世的孽緣，就越讓他覺得壓抑。那曠世的恩情和駭人的辜負，是一個正常的現代人所沒有辦法接受的，甚至，不能夠相信。

太違背人性了！

天陰沉沉的，而且悶熱，時時有隱隱的雷聲喑啞地響了一半便停止，彷彿老天爺在咳嗽。鳴蟬在樹枝間嘶聲地叫，嘔心瀝血般辛苦。

「要下雨了！」行人喊著，急匆匆地趕路，一片亂世景像。驀然平地起了一陣風，沒有帶來半點涼爽，反而灰乎乎地更讓人覺得黏濕霧數。

外面世界的逼擠雜亂和冰蟬大廈裏的陰涼整潔，完全是兩個人間。

所以，何必又要逼使雪冰蟬想起呢？何必要把雪冰蟬自她的世界拉到自己的世界裏來呢？

廣場上的人已經散去，笛聲彷彿被誰忽然掐斷了，蛇人竹葉青遠遠看到蘇慕從大廈裏出來，立即收拾殘局，扭著腰肢迎上來，「嗨，見到雪冰蟬了嗎？」

蘇慕沒好氣地看著她：「現在你又認得我了？」他還記著那張星宿紙牌的糗事。

「她想起來了嗎？」蛇人不以為忤，妖媚地笑，「你今天扮相不錯。至少她已經肯見你了，就算是一大進步。」

「進步？我說是終點才對。」蘇慕攤開手。「喂，蛇兄，別再為我的事操心了，算了吧。」

「你打算放棄了？」

「我放棄。」蘇慕灰心地看著她，很奇怪，無論竹葉青打扮得多麼嬌豔，扭捏得如何婉轉，他都沒辦法把她當成一個女人，他看她的眼神，就像看一堵透明玻璃牆，眼睛直穿過去，望向很遠的地方。而他說話的口氣，也完全不似對她交談，而更像自言自語：

「她不記得我，一絲一毫也不記得。我認輸了。不管後半生我還要承受多少災難磨折，我認了，不想再做任何努力。既然這一切是我欠她的，既然受苦就是我來世上走這一回的任務，那就受吧，再大的苦，也總有到頭的一天，到我死了，一切也就了了。」

「死了也不能了！」蛇人陰惻惻地說，「喝孟婆湯是地獄的規矩，凡人無權決定記得或忘記。而你逆天行事，讓雪冰蟬在活著的時候就做了死後才可以做的事，違背天理循環，一定要接受懲罰！你們的債，是一世世一代代都還不清的，除非，她可以記起來前世的一切，並且原諒你，寬恕你，重新同你言歸於好，只有這樣，災難才可以結束，你們的輪迴，才能真正停止。」

輪迴？蘇慕閉上眼睛，彷彿看到一條無止無盡的暗道，永無邊際地延伸下去，沿途遍佈荊棘，而自己在路上跌爬滾打，弄得一身傷，卻永遠走不到盡頭。什麼是輪迴？輪迴就是無窮無盡，周而復始，連死都不能自決。

有雷聲滾過天際，蘇慕突然忍無可忍，號叫起來：「老天在決定這盤棋，說什麼主持正義，說什麼報應不爽，可是，又是誰讓我傷害雪冰蟬的？是誰讓雪冰蟬喝下忘情散的？既然所有的事都由天註定，那麼這一切，不也是老天犯的錯嗎？為什麼又藉口錯誤來懲罰我？如果該懲罰，也先該罰大！罰天！」

竹葉青大驚失色：「反了！你怎麼敢罵天？怎麼敢指責天的錯？」

「我罵了又怎樣？」蘇慕不管不顧，索性叉著腰，指著天大罵起來，「老天，你聽著：整天玩什麼天理循環，說什麼天經地義，根本就是胡扯！你把紅塵男女視如草芥，弄於股掌，讓他們自相殘殺，讓他們受盡凍餓疾病之苦，讓他們因為絕望而服從你，乞求你，讓他們生生代代在你的陰影下苟延殘喘，苦苦偷生，你做這一切，到底是為什麼？不過是一場遊戲，一盤棋局！還裝什麼正經，說什麼道義？別再給自己貼金了！你不過是要我們怕你！我偏不怕又怎樣？你已經把我打進十八層地獄，已經讓我生死輪迴不得安寧了，你還能怎樣？你來呀！你有什麼招術你使呀！你讓我變豬，變狗，讓我做孤魂野鬼，永世不得超生，隨便你！你做好了！你玩好了！我不在乎！我不怕你！你來呀，你來呀！」

他叫罵著，指手頓足，狀若瘋狂。蛇人早已嚇得呆住了，她從沒有看過一個人有這樣的勇氣，一個人，連天都不怕，連死都不怕，連變豬變狗永世不得超生都不怕，你還能拿他怎麼樣呢？就是老天也拿他沒有辦法了吧？

烏雲層層堆積，越壓越低，蛇人看著天想，就要打雷了，就要下雨了，就要電閃雷鳴，天打雷劈了！這個狂妄的蘇慕就要被電火燒成一具僵屍，會死得很難看。蛇人甚至不由自主地往後退了退，不僅是怕這個滿口髒話罵聲不絕的狂人，更是怕老天懲罰他的時候會殃及池魚。

然而，就在這時候，雲隙間忽然透過一絲光亮，接著，越來越亮，雲開霽散，陽光重新普照了大地，街上人多了起來，一個頭上紮著緞帶的小姑娘走過來，甜甜地笑著說：「今天是我們冰店開張第一天，免費迎賓，請品嘗！」說著端上一隻精緻的玻璃盤，盤子裏是兩隻看一眼也覺清涼的檸檬冰球。

這麼悶濕壓抑的天氣裏，兩枚冰球無異於仙果，真是太讓人渴望了。蘇慕正罵得口乾舌燥，看到冰球，立刻接過盤子，大口大口地吞進嘴裏，一邊嗚嗚地說：「好美味，可惜太少了，要是有兩杯冰水才更過癮！」

蛇人眼紅地擠過去：「喂喂，別那麼不仗義，讓給我一隻嘛，讓我嘗一個嘛。小妹妹，給我一盤好不好？」

「可是只有這一盤耶。」小女孩看也不看她，又從冰桶中取出一紙杯冰凍西瓜汁來，衝著蘇慕甜甜地問：「先生要喝水嗎？這也是免費品嘗的！」

「要喝！要喝！好！好極了！」蘇慕搶過杯來，一飲而盡，又問，「你們還有什麼可以免費品嘗的，都拿出來吧。」

「還有點心，這是新出爐的芙蓉蛋塔，這是櫻桃蛋糕，這是芒果蛋餅，這是雪梨……」

「都好，都好，來，讓我每樣嘗一塊。」蘇慕笑得合不攏嘴，一邊大快朵頤，一邊連聲讚美。有生以來，什麼時候一下子嘗過這麼多美味呀，簡直飛來豔福，心滿意足。

而蛇人，早在一旁看得呆了，這個倒了八輩子楣的蘇慕，不是該喝水噎著，走路摔著，經商賠著，開車撞著的嗎？怎麼忽然間運氣這樣好起來？連免費午餐這樣的好事兒都能讓他遇上了？

莫非，當一個人到了無所畏懼，連天也不怕的時候，天就該怕他了？

事實證明，蛇人的猜測對極了。

那以後，蘇慕的運氣忽然好轉了，而且簡直好得不得了，不僅在一個月內連升三級再次坐到了銷售經理的位子上，而且待遇還比以前要好，薪酬高兩倍，並且有專車使用。

無論什麼時候上飯店，總能遇到酬賓打折；開車上街，總是一路綠燈，而停車的時候，永遠空著一個車位彷彿虛席以待；走在路上，隨便低一下頭都可以撿到鈔票；跟客戶談判，三言兩語就可以成為過命的交情，再優惠的條件也可以拿得到；最令人豔羨的是，只要是跟他有過一面之交的女人，都會在第一時間裏愛上他，頻頻地對他拋媚眼，那樣子，就好像隨便他一點頭，對方就會合身撲上似的。

然而蘇慕卻未見得開心，他眼裏再也看不到任何脂濃粉豔，心裏只有雪冰蟬一個人，無論她怎麼絕情，怎麼煩惡他，他卻只是想著她，希望能再見一面，哪怕被她呵斥也是好的。然而，是自己親口承諾過的：從今以後，都不來煩她。自己又怎麼可以食言呢？

蘇慕受盡了相思之苦，睡裏夢裏都只想著雪冰蟬，她的冷漠，她的絕情，在他，都是一種莫大的吸引，魂牽夢繫，刻不能忘。如果不能再見她一面，再多的物質再好的運氣又有什麼用呢？悲苦求生的時候，尚有很多事可以牽扯他的精力，可是現在萬事順遂，再沒什麼事情需要分心，雪冰蟬的影子就更加鮮明地出現在眼前，而相思的痛苦，也就越發深重。那是比走路摔跤喝水打嗝都疼痛的一種打擊。蘇慕簡直快被這想念折磨得瘋了。

他終於再去請教竹葉青。

「竹葉青，我請求你。」蘇慕的眼光穿過竹葉青的眼睛，像一個發高燒的人在自言自語，由於灼熱的渴望，使他說話的樣子看起來就像在說胡話，「有什麼辦法，可以讓我得到雪冰蟬的芳心？我願意付一切的代價，割頭剔骨都無所謂。」

竹葉青勝利地笑起來，雙手握拳舉起在胸前，做出祈禱的樣子，崇拜地看著上蒼：「天啊，至高無上的天啊，我再一次看到了你那無窮無盡的魔力，看到了你無所不能的法旨，你是在懲罰這個罪人嗎？你是在對他的不敬做出裁決嗎？世人啊，渺小的淺薄的自以為是的世人，得到一點點就得意忘形，失去一點點就哭天搶地，他們是多麼地愚昧，多麼地平庸，他們怎麼會懂得您的法力無邊不可抗拒？怎麼能體會得出您的神通廣大無遠弗屆？」

她隨手一抓，就不知從什麼地方抓出兩條蛇來，隨心所欲地玩弄著。她吻著那兩條蛇，人的舌頭與蛇的舌頭糾纏在一起，讓蘇慕突然覺得一陣心頭翻滾，幾欲嘔吐。

然而，蘇慕越難受，竹葉青彷彿就越得意，她低下頭，做出俯視的樣子，好像在俯視一條狗，扭動水蛇腰，瞪起三角眼，蛇吐信子一樣地唇槍舌劍：

「蘇慕，你終於又來求我了嗎？你再不罵天了？你不是說你不在乎不害怕嗎？不是說永世不得超生都無所謂嗎？怎麼，過了幾天安逸日子，就又貪戀溫柔起來了？人啊，卑微渺小的人啊，就是這麼得寸進尺，不知悔改！」

蘇慕跌坐下來，忽然明白了，難怪這段日子運氣好得不像話，卻原來，又是老天的一步閑棋，一場遊戲，一次撥弄而已。

世事豈非從來都是這樣的，有時人為了吃苦而絕望，有時卻是因為嘗到一點甜頭而變得怯弱委瑣。

老天爺乃至天下所有的老闆，都懂得運用這樣一種手勢：一點苦頭，一點甜頭，便讓人志氣全消。

人的七情六欲，竟也在天的控制之中！

然而，既如是，老天和人的力量相差懸殊，又何必視人為對手，如此大費周章？如果天可以決定自己是否相思，那麼，天也該能夠決定他是否背叛，又怎麼會有自己戟手問天的一幕？又怎麼會允許自己憤怒，抗拒，對天置疑？

不，天不是萬能的！人，也不是完全無力，束手就縛的！

蘇慕站起來，凜然地說：

「好，我不求你！我不相信你的天真的神通廣大，無所不能。不然，他又為什麼要苦苦相逼，讓我承認他的萬能？他直接控制我的思維和信仰不就算了，這麼麻煩幹什麼？要我說，天是天底下最無聊，最多餘的玩意兒！我就是不怕他！我的愛與恨，要自己來決定！」

說完，蘇慕大踏步地走了出去，頭都不再回一下。

「你會後悔的！你會為你的輕薄受到加倍的懲罰！」蛇人詛咒著，「蘇慕，你想和天抗衡？你妄想！除非你也喝了忘情散，不然，只要你還有一分人性，只要你還有感情，你就會痛苦，就會求我，就會怕天，你會的，一定會再來找我的！」

然而蘇慕已經不要聽她，他留給她一個絕然的背影，越走越遠。

蛇人氣急敗壞地追著他的背影跑了幾步，卻又無奈地停下，哆嗦著雙手仰天叫著：「天呀，神呀，您看看，您看看這個罪人是多麼地可惡，您懲罰他吧！」

隨著她的祈禱，天忽然陰沉下來，烏雲四合，把陽光完全地遮沒了。莫非，天也羞顏？

天陰沉沉的，是一床無遠弗居的陳年棉被。

是因為黃土地下埋過太多的帝王，還是歷年殺戮帶來深重的怨氣？長安的天空陰霾密佈，等閒不肯開晴，屋子潮而發霉，牆壁四周都濕漉漉的，雕花的窗欄甚至生出蘑菇來。

蘇慕遮覺得煩惱，因為雪冰蟬。

在「生前」從來沒有令他煩惱過的雪冰蟬現在成了他最大的日常「事務」，他得給她洗澡，還要幫她烘乾。他不能讓一個發了霉的身體做武媒。

然而這些俗務是他從來沒有操作過的，如何令一個完全不能自理的人保持清潔乾爽呢？天晴的日子還好說，多推出去曬曬太陽就是了；陰雨連綿的黃梅天可怎麼辦呢？

而這件事，又不能假手別人去做。因為，她是他的專屬，是他的秘密武器。

即使她死在他手裏，也不能活在別人身邊。如果有人窺破天機，盜走雪冰蟬的身體，就等於控制了蘇慕遮的靈魂，所謂授人以柄。

是以，蘇慕遮將雪冰蟬藏在深閨，不許任何人接近。

那些天，大雨把所有人都封在屋子裏，世界彷彿變得狹小，只濃縮成蘇府的院落那麼大；世上的人忽然銷聲匿跡，只剩下蘇慕遮與雪冰蟬。

下人在蘇慕遮的眼裏從來算不得人，即使他們在他面前走來走去，他也會視而不見，只當成活動的佈景；而沉睡的雪冰蟬在他心中，卻始終是活色生香，因為她帶給他武功，也就是帶給他成功。睡去的雪冰蟬，是比清醒的時候對他更加重要，簡直就是他第二個自己。

他畫了一幅潑墨荷花掛在屋子裏。

因為天潮，墨蹟很久都沒有乾。

荷花水靈靈地開在牆上，彷佛有暗香浮動。

他沒有想過為什麼要這樣做。

也許潛意識裏，他想讓雪冰蟬在荷香中沉睡？

他擁抱雪冰蟬，默默地等待太陽。他有些想念陽光下的靜翠湖，想去湖邊走一走，和雪冰蟬一起。

不僅是靜翠湖，還有玫瑰園，杭州的雷峰塔，蘇州的寒山寺，大理的蒼山洱海，東北的林海雪原……這些曾經留下他勝利足跡的地方，以往他只在乎在那裏舉行過哪一場賭賽，贏過哪些對手，可是現在，他卻想念起那些或者旖旎或者蕭瑟的景致來。

他不知道，這想念，這以往從未有過的興致，是出自他自己的意識，還是懷抱裏雪冰蟬的潛移默化……

蘇慕站在冰蟬大廈樓前，眼看著天色一層層陰沉下來，就要下雨了。但他不在乎，他不信電閃雷鳴真會把他劈死，況且，就是真的死了，他也無所懼畏了。當年，雪冰蟬明知是毒藥還是一飲而盡，從而讓他記了幾生幾世；如今，明知是死他也要堅守信念，死在她的面前，讓閃電照亮一切，包括她的記憶和感情。那樣，也許她會像他一樣，從此記得他！

雷響了，雨下了，閃電飛過去了。雪冰蟬站在大廈落地玻璃窗前，拉開簾子一角，久久地注視著樓下的蘇慕。這個奇怪的年輕人，他說過不再煩她，就真的再沒有來找過她，今天忽然又重新出現了，卻為了遵守諾言而不曾上樓打擾，甘心站在雨地裏淋水，難道他真是瘋子？可是不像啊，她見識過他的賭技，還是很不錯的，一個思維縝密很有條理的人。然而，他究竟為什麼對自己如此莫名其妙地癡情糾纏？他們分明是兩個風馬牛不相及的人，他為什麼每次見到她的時候，眼裏都燃燒著那麼深重的痛苦？而自己，又為什麼無緣無故地那樣嫌惡他，迴避他？

當想到嫌惡的時候，雪冰蟬驀然意識到，不知什麼時候，自己對蘇慕的嫌惡早已煙消雲散了，取而代之的，是一種說不清道不明的深深的關切和好奇。她有一點想重新認識這個年輕人，接近他，了解他，認真傾聽他的故事。是啊，他不是說過要給她講一個很傷感的故事嗎？自己為什麼一再拒絕他，不讓他說出口呢？

雪冰蟬終於回過頭，對秘書說：「請那個人進來避避雨喝杯水吧，告訴他，如果他沒感冒的話，我想跟他談談。」

「一沙一世界，一花一天堂。那麼，滿園的玫瑰花，豈不成了天堂集會？」玫瑰園中，雪冰蟬陪著難得有興致遊園的蘇慕邊走邊聊，一邊隨時採花入籃。

「花開在枝頭上，但是落在爛泥裏。寶貴榮華，究竟有何意義呢？」

「但是花總要開放後凋謝才成之為一朵完整的花，而我們還沒有嘗試經歷真正的勝利。」

「你寧可勝利後再失敗？」她仰起頭看著他。

「爛在泥裏。」他笑起來，表情裏滿是一種不在乎的瀟灑。

她覺得無奈，同時一如既往地為他這個笑容而傾倒。

來府半年，她已經很了解他。

他有思想，但是沒有靈魂。善良，同情，溫存與愛這些詞對他沒有意義，他所需要的，只是勝利，榮譽，賭並且贏。

但是了解到這一點的時候已經很晚了，她無可救藥地愛他，死心塌地地為他。

她的眼裏心裏，只有他，沒有自己。她的感情，生命，意旨，都可以獻給他。如果他要，甚至她願意把她的靈魂給他。

然而靈魂，這是他從不認可的。

但是有什麼所謂？哪怕他給予她百般羞辱，千鞭撻笞，但是只要偶爾一次，那麼千鈞一髮的瞬間，他曾對她微笑，她便會毫無所怨，心滿意足。

「公子，你看。」她指給他看，滿園的紅玫瑰中，竟然奇蹟般地盛開著一朵雪白的花朵，皎潔如月。她讚歎，「多麼美麗。」

「我採給你。」他走過去，摘下那朵花，替她簪在髮際。

她的眼睛驀然閃亮了，比花更加皎潔晶瑩。

貽人玫瑰之手，經久猶有餘香。送花的人記得，收花的人，卻已經忘了嗎？

蘇慕和雪冰蟬終於面對面地坐了下來，就像一對久別重逢的老友那樣，那種難以遮掩的熟悉的味道就連瞎子也嗅得出來。然而他們，分明是第一次真正心平氣和地交談。

「說出你的故事吧。」雪冰蟬說，努力讓自己的聲音維持以往的冷靜和矜持，卻偏偏不由自己把語調放得輕柔，同時，一種從未有過的辛酸湧上心頭，莫名地有些想落淚。

蘇慕更是百感交集，此情此景，何其熟悉。當年，雪冰蟬親手為他烹過多少杯香茗，陪他度過多少個良宵，然而，他何曾珍惜過？今世，又有多少次他夢寐以求這樣的場景，而今終於成為現實，但他怎能知道，當故事說出之後，下一步會是怎樣的結局？他與天鬥與命鬥，帶給雪冰蟬的，到底會是福，還是禍？

想到「鬥天」兩個字，蘇慕悚然而驚，自己已經是死豬不怕開水燙了，任由老天怎樣對付他都不在乎，可是雪冰蟬呢？冰蟬是無辜的，她還被蒙在鼓裏。她不認識他，不在乎他，不記得他，也就不會痛苦，不會傷心，不會和他一樣承受命運的折磨。然而，一旦他說出命運的真相，她的平靜生活還能繼續嗎？

而且，讓他如何忍心對她重複，前世雪冰蟬最終的結局？如何親口告訴她那場滅絕人性的大火，那火中化蝶的慘劇？

他忽然想，今世的雪冰蟬一帆風順，遂心如意，都是因為前生他辜負她太多。然而當她記起那些慘烈的往事，當她對他說原諒說寬恕，改寫他的歷史，會否，她自己的命運也會從此改變，走入歧途呢？她會不會也因為觸怒上天而分擔他一半的災難？

不，前世他已經負冰蟬太多太多，今世，又怎麼可以繼續對她不起？不管受到什麼樣的不公對待，他有什麼理由拖冰蟬下水，讓她和他一塊兒落難？

就讓他一個人爛死在泥塘中，身受火燒水淹之苦吧，雪冰蟬，應該永遠是冰清玉潔，高高在上的。

不能說，不可說，一說即錯！

蘇慕看著雪冰蟬，決定選擇沉默。

第八章 公主夢

八 公主夢

一層秋雨一層涼。今年的冬天提前到了。

沒有風。樹葉和空氣都靜得可怕。

但是昨夜分明有過大雨傾盆，地上的葉子比樹上的多。

室內，卻依然是溫暖如春。

玫瑰盛開在咖啡桌上。雪冰蟬和鍾來對面而坐，在他們中間，不僅有咖啡和玫瑰，還有一隻精緻的鑽戒盒子。

「冰蟬，請允許我為你戴上，可以嗎？」鍾來彬彬有禮地提議，求婚亦如談判。

然而冰蟬躊躇地轉動著那只鑽戒，臉上不辨悲喜。

求婚，是一個男人對一個女人最隆重的讚美，最深刻的誠意。

男人和女人，是兩個半圓，但是戒指把他們圈在一起，變成一個完整的環。

年青有為，「財」貌兼備，又沒有不良嗜好，按說這樣的對象已經是萬裏無一，沒什麼可挑剔的了。

但是冰蟬始終覺得，她與鍾來之間，還欠了點什麼。即使他們在一起圈成圓，那個圓也一定會在某處有個缺口。到底是什麼呢？她卻又說不清。

她抬起頭，誠懇地面對著鍾來的眼睛。

鍾來的眼中不無愛慕與誠意，然而四目交投，卻仍然覺得遠，覺得隔膜。

她接觸過一雙比這更真誠熾熱的眼睛。

不僅真誠，不僅熾熱，而且痛苦。

真正愛一個人，就會為她覺得痛苦，那種燃燒一般割裂一般窒息一般的痛苦。

那雙眼睛，屬於蘇慕。

那個莽撞而淒苦的年輕人，曾經給她講過一個故事，關於孟婆湯，關於忘情散，關於一顆眼淚。他說她的眼淚是他的心，多麼荒謬的理論，可是，她對自己說，在她心底裏，其實是相信的。

她期待他告訴她更多。

告訴她那個故事的結局，還有，今世的他與她，該有怎樣的開始？

雖然他從來沒有對她表白過，但是他的眼睛告訴她，他愛她，愛得比鍾來深沉熾熱一千倍，一萬倍。

冰蟬沒有談過戀愛，不知道愛的滋味是苦是甜，但是蘇慕的眼睛卻讓她知道，那便是真正的愛。

她轉動著那枚戒指，無聲地問自己：有什麼理由，可以讓自己嫁給一個，並不是世界上最愛自己的人？

「鍾來，謝謝你肯給我這份光榮，」冰蟬終於推回戒指，艱難地開口，「但是我想請你，再多給我一點寬容……」

「你需要時間考慮，是嗎？」鍾來了解地問。「一個星期，一個月，還是一年？只要你說，我就會等。」

這實在是一個善解人意的君子。

冰蟬越發感激，也越發抱歉，「鍾來……」

「你肯考慮，我已經很高興。」鍾來打斷她，更加溫文爾雅地說：「戒指放在你那裏，如果你想通了，請戴上它，那麼我就是世界上最幸福的人。」

換言之，如果答案相反，則冰蟬只要讓郵差把它退還，鍾來便會明白她的意思，不會再糾纏，讓她為了不知如何開口回絕而煩惱。他真是考慮得太周到也太紳士了。

但是冰蟬反而覺得嗒然。

她甚至有些希望鍾來會表現得更憤怒一點，急躁一點。那樣，也許她會更感動於他的血性，而不是一味感激他的寬容。

「你喜歡吃蛋塔嗎？」她忽然問，「你吃過雅泰來的蛋塔嗎？」

「可能吃過，記不清了。你喜歡吃蛋塔？」鍾來不明所以地反問。

冰蟬微微有些失望，掩飾地說：「沒什麼，只是突然想起來。」

上個月，她有一天在雅泰來宵夜，發現那裏的新鮮蛋塔很好吃，便問可不可以叫外賣。當得知這般薄利的小點心不能送外賣時，頗覺遺憾。

然而從第二天起，她每天上班都可以發現自己辦公桌上端端正正地擺著兩隻蛋塔和一杯鮮奶，問秘書，說是送外賣的小男孩送來的。但是她打電話問過雅泰來，答案仍然是不送外賣。那就只能是有心人送的了。無奈那個小男孩怎麼都不肯說出是誰委託他的，還理直氣壯地說：

「我們勾過手指，誰不守秘密就要做小烏龜。」冰蟬笑了，不願意再難為這個可愛的小孩子，而寧可讓自己蒙在鼓裏，一直到今天。

秘書佳佳曾經猜是鍾來送的，但冰蟬想來想去，都不覺得鍾來是這樣一個細膩的人，可是私下裏，也不無希望這猜測成真。

其實，不僅僅是神秘蛋塔，最近發生了很多稀奇古怪的事，都讓冰蟬覺得既新奇又驚喜。比如，有一天晚上她回家的時候發現車庫門卡住了，無論如何弄不開，只好把車子停在外面，想等第二天有時間再找人修理。可是到了次日早晨她下樓取車，卻發現車庫門好端端地開著，彷彿在張開懷抱等她停車入庫……

在這個巧言令色的時代，說得多做得少的人見得多了，但是像這位千方百計討她歡心卻又只做不說的有心人，簡直是絕品。他會是誰呢？鍾來？他每天要打理上千萬的生意，怕是沒有耐心來做些如此瑣碎的小事吧？

冰蟬抬起頭，對鍾來，也是對自己說：

「有件事我一直沒想明白，等我弄清了答案，我就會知道該怎麼做了。相信我，不會讓你等很久的，好嗎？」

「再久一點我都會等。」鍾來毫不遲疑地說，然後，微微停頓一下，「冰蟬，別把我當成你的負累。」

「負累？怎麼會呢？」

鍾來深沉地看著她，眼裏充滿了解和寬容：

「我知道，你的心裏有一個結，我很想幫你打開；但是如果不能，我也不願意因為我，讓那個結繫得更深。」

冰蟬忽然深深地感動了，幾乎就要脫口而出，在這一刻答應鍾來的求婚。然而話到口邊，她仍然只有再一次說：「謝謝你，鍾來。」

蘇州，迷園。

「明月樓高休獨倚，酒入愁腸，化作相思淚……」

雪冰蟬一曲唱罷，金鐘大聲叫好：

「好詞，好曲，好歌，好舞，好一個雪冰蟬！此曲只應天上有，人間能得幾回聞？」

他站起向蘇慕遮行行禮：

「蘇兄，你雖然技冠賭壇，我佩服，卻不羡慕；但是蘇兄的豔福，才真正是讓小弟豔羨不已，甘拜下風。」

「何足掛齒。」蘇慕遮淡然一笑：「原來你設這一場賭，就是為了這個小姑娘，何不早說？我送給你又何妨？」

「蘇兄此話當真？」金鐘喜出望外：

「我輸給了蘇兄，本來是沒有資格再提要求的，不過這位雪冰蟬姑娘貌若仙人，能歌善舞，小弟得到她之後，必不以妾侍之禮相待……」

不待說完，雪冰蟬突然撲地跪倒，膝行前進，昂然道：「公子，你如果將我送人，我就死！」

「這又是為何？」蘇慕遮皺眉，微微訝異，「金公子看上你是你的福份，何必求死？」

「公子……」雪冰蟬流下淚來，她知道這是一個不懂得忠貞和犧牲的人，但是她愛他，無可奈何。

「公子，記得當年在灞陵梅林，您親口答應過，我飲飽了您的馬，您要報答我，給我選擇的自由，您還記得嗎？那麼，請您不要隨便把我送人吧，我只願跟隨您。如果您不許我跟隨，我只有一死。」

「可是……」蘇慕遮費然不解。

而金鐘自命風流，卻早已明白了，長歎：

「好一個有情有義的女子！蘇兄，小弟如今對你的佩服更是五體投地，再不敢有任何奢望了。這位雪冰蟬姑娘，是小弟無福，蘇兄好好善待她吧。」

金鐘轉身離去，猶自吟哦：

「明月樓高休獨倚。酒入愁腸，化作相思淚。好句啊，好句……」

帶著那枚戒指和對戒指的遲疑，冰蟬一路慢慢地駛回公司，經過廣場拐角時，看到竹葉青又在廣場上跳舞。

廣場上的落葉已經收拾過了，地面青白蒼冷。竹葉青就在那蒼冷的石磚上舞著，赤著腳，瘋狂地舞，痙攣地舞。綠的緊身襯衫，綠的綢布長裙，像隻吃飽了的蟒在消化。

答錄機裏送出古老的塤樂，宛如招魂。她的身後，豎著一塊彩帶招搖的牌子：測字解夢批八字。

有風吹過，送來一陣妖異的香氣。冰蟬抬起頭，向著音樂和風的方向，恍惚地想，或者，可以向解夢人求助，打開心結？

竹葉青看到雪冰蟬在路口出現，立即停止了舞蹈，抱著蛇簍滿意地看著冰蟬姍姍來遲，幾乎要喊一聲「萬歲」。

她等得太久了。已經等了幾百年。

然而基於家族的使命，基於自身的卑微，她有求於她，也有負於她，更有愧於她。

所以，她只能等冰蟬來找自己，卻不能主動去找她。

就彷彿臣子永遠只能等待皇帝詔見。

有時候這條美麗的蛇女會忍不住問自己：既然修煉成女人，為什麼不能修成個雪冰蟬這樣的女人呢？女人與女人之間有多麼不同！相比雪冰蟬的高貴不可攀，自己的千年修為，又所為何來呢？

雪冰蟬已經走近來，莞爾一笑：「我可以算一卦嗎？」

「小姐請。」竹葉青竟然難得地端莊，態度恭敬亦像是奴僕之於主子，「小姐是想測字還是解夢？」

「解夢。」雪冰蟬沉吟，「這段日子，我接連幾次夢到戒指。不知是什麼意思？」

「是金戒指還是鑽石戒指？」

「都不是，是鑲翡翠的金戒指。」

「翡翠？」竹葉青點頭，「翡翠又稱『硬玉』。小姐最近可有奇遇？」

「有人向我求婚。」冰蟬微微臉紅，「不知道夢見戒指是不是和這個有關？」

「無關。」竹葉青斷然說：

「如果是鑽石戒指或者金戒指，那麼或許與訂婚有關。但是你夢見的是鑲玉的金戒，這卻不是婚戒。不過小姐剛剛夢到戒指就有人向你求婚，說明你對這段婚姻也很上心，有所盼望，可是卻拿不定主意。戒指是個環，也即是『有緣』，換句話說，你這段婚姻，不是沒有成就的可能。但是此緣究竟是否彼緣，卻可商榷，這就好像下圍棋，有一劫就有一遇……」

冰蟬笑了笑，覺得不耐，但凡算命的，說話必定左右逢源，模棱兩可，哪裏有什麼是與非？自己竟然想向她拿主意，可不是問道於盲。她取出一張紙幣，說了聲謝謝準備走開。

竹葉青卻不肯收錢：「我還沒說完呢。小姐夢到金鑲玉的戒指，這說明您是金命之人，金枝玉葉，不同凡響啊。」

冰蟬越發不信，心想憑自己這身打扮，當然不難猜出身分，竹葉青也只是鑒貌辨色罷了，不再多話，轉身便走。

但是竹葉青猛地抓住她的手：「再說一句！」她盯著她的眼睛，一字一句，「你是一個公主！」

「公主？」

「公主。金枝玉葉的公主。」竹葉青眼看留不住雪冰蟬，只得故技重施，取出一隻小小的瑪瑙瓶子放在她手中：

「你最近睡眠是不是很不踏實？沒關係，睡覺前點幾滴這種龍涎香在香薰爐裏，就可以做個好夢了。」

雪冰蟬接過來，隔著瓶子已經聞到一股清幽的香味撲鼻而來，惹人遐思，看看那瓶子也精巧可愛，便又取了一張紙幣出來，笑著說：「那我就收下了，謝謝你。」

血，汩汩地流出來，流出來，源源不斷。

一個人的身體裏有多少血，可以源源不斷地流多久？

生命，由一滴一滴的鮮血組成，要流失多少血，一個人的生命就會走到盡頭？

而另一個生命，要仰仗多少別人的鮮血，來完成自己的重生？

竹葉青在別人的血裏舞蹈。

舞蹈，卻更像是掙扎。分不清她和床上流血的產婦趙婕妤，誰比誰更加痛楚。柔軟與痛楚，分娩與重生，竹葉青的命運在這一刻與趙婕妤聯繫在了一起。

——趙婕妤，清麗端莊，個性內斂，擅詩文，能歌舞，為眾太子妃中最得寵的一個。國之將亡，太子盡殺諸嬪妃，卻獨留下行將臨盆的趙婕妤，隨同自己一干親信化妝出逃，並對她明言：

「如果我有不測，那麼將來的復國大業，就要靠你腹中的這個胎兒來子承父命了。」

婕妤明白，這就是她得以偷生的唯一理由。因為太子無後，要借她傳嗣。她夜夜對月祈禱：讓我生一個男孩吧，他會是天地間最聰明最勇敢的男孩子，雖然在他出生之前，已經註定要接受最艱難的考驗，但這是太子的血脈，是天命所歸，責無旁貸。

行至灞陵，婕妤胎動。誤打誤撞地，侍衛竟請來假扮穩婆的蛇人竹葉青幫忙接生。

竹葉青此時修煉正到了非凡時期，需要一個人類母親的血來清洗自己，從蛇到人的過程和一個新生兒的出世相彷彿，她必須以人的血腥氣洗去自己的蛇腥氣，使自己多幾分「人味」。

然而世上人頭湧湧，真正能稱之為「人」的卻無啻於鳳毛麟角，而一個「人」生下的，又不能保證是另一個真正的「人」。母親的血，是世間至神聖的，也是最污穢的，全看那經血洗禮而出生的，究竟是人是獸。

竹葉青每天抱著一面突突窪窪的醜鏡，照照這個照照那個，看到的，卻都是比自己還不如的衣冠禽獸，狼心狗肺。忽然這一天，有個侍衛模樣的男人來請她去給一位產婦接生，竹葉青偷偷取出鏡子照了，驚喜地發現那產婦不僅是個真正的人，而且還是個鳳冠霞帔的貴人。再看她的丈夫，更不得了，龍睛鳳目，不怒自威，乃是天子相。這樣的夫婦生下的，必定是天下最高貴最潔淨的真人。

這樣的機會，簡直千載難求。竹葉青大喜，這是她修煉進境的大好良機，焉可放過？

然而婕妤一路奔勞，身體虧得很厲害，掙扎哭號了一日一夜，仍然不能生產。直到次日黎明時分，陰陽互交之節，才拚盡全力，誕下一個小小嬰兒，卻是女孩。

婕妤心力俱竭，然而思想卻很清明，知道這女孩必無生路，於枕上向竹葉青苦苦哀求：

「我在昏迷時看到你練功，知道你非人類，來幫我接生必有目的。我請求你，不論你來的原因是什麼，我都可以答應。但這個女孩留下來必遭殺身之禍，我請你帶走她，保全她的性命。」

即使冷血如竹葉青，也不能不為之動容。這是一位人類母親的臨終遺命，她義不容辭：

「婕妤放心。我既然由你幫助完成修煉，受你這樣大的恩情，不能不報。我向你保證，必會保全這個女孩兒一生幸福，安然到老。」說罷，抱著女孩破窗而出，消失在夜與晝的交接處。

那個女孩兒，就是後來的雪冰蟬。

雪冰蟬自夢中淒然醒來，淚水打濕了枕畔。

公主。我是一個公主。

她坐起來，看著在黑暗中輕輕跳躍的香薰火苗，室內並沒有風，可是窗紗和風鈴都起了一陣輕微的顫抖，香薰燈裏那小小的火焰彷彿蛇的信子，恍惚地搖曳著，一點一點勾起遠古的回憶。

難產的趙婕妤，舞蹈的竹葉青，鮮血，眼淚，死亡與出生，淒豔與悲壯。

曾經，我是一個公主。

冰蟬對自己說，也許，人真是有前世今生的，而前世，我是一個公主。

哪個女孩子不願意相信自己前世是個公主呢？

竹葉青真是選了一條最輕便的捷徑來說服冰蟬願意相信奇遇，並希望追究更多的悲劇真相。

她想起在廣場上看到的竹葉青奇怪如痙攣一般的跳舞，原來，那舞蹈的含義所象徵的，是一個女子痛苦的妊娠。

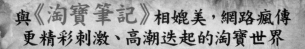

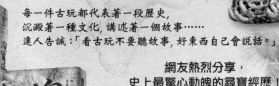

還有什麼樣的痛苦會比女子分娩更加慘烈？

雪冰蟬在黑暗中靜靜地流著淚。她是一個婕妤的女兒，那位婕妤，為了女兒的出生傾盡了全力，臨死之際，還不忘了向竹葉青泣血托孤。自己的開始，是母親的結束，這個故事，從一開始就充滿了災難的意味，浸透了鮮血與死亡。

後來呢？

像所有喜歡聽故事的女孩子，雪冰蟬很想知道，前世的我，後來的命運是怎樣的呢？是否就像蘇慕說的，我成了他的婢女，為他喝下孟婆湯。然而，我明明是個公主，又怎麼會成了婢女的呢？

也許，蘇慕會知道？

蘇慕的英俊的臉孔自黑暗中浮起，冰蟬忽然發現，自己對他，竟是有一點點想念的。

她越來越相信，那在碧雲天黃葉地的湖邊漫步的青年男女，就是自己與蘇慕。

第九章

蛇人的使命

一個人有秘密來不及說是可悲的，而一個人有秘密，也有了說的機會，卻不許自己說出來，則更加悲哀，悲哀到殺身難贖的地步。

蘇慕終於明白了比貧窮更痛苦的是相思，而比相思更痛苦的，是隱忍。隱忍的愛情是一柄刺不出去的劍，只會伸向自己的內心，傷得血痕累累；而隱忍的秘密，則更是千萬株長著倒刺的利箭，萬箭穿心，生不如死。

蘇慕就每天忍受著這萬箭穿心之苦，在錦圍翠繞紙醉金迷間，日形憔悴，黯然神傷。

一個人愛上另一個人，是前生欠了這個人的債。蘇慕現在信了。他欠雪冰蟬的，欠得太多，用一生一世的苦痛去償還也是不夠，還要預支到下一世。這，就是愛的輪迴。

到底在第幾個輪迴中他才可以與她重新攜手，相視而笑；亦或，風清雲淡，兩不相欠？

他開始養成一個習慣，每天一有時間，就駕了車來到冰蟬大廈樓下，對著雪冰蟬的窗子發呆。

就算看不到她的人，看看她的窗子也是好的。

愛一個人愛到深處，就會愛和她有關的一切，包括她辦公室的窗子。

現在，對蘇慕而言，世界上最美麗的風景，就是冰蟬大廈頂樓那扇總經理辦公室的窗子。

那窗裏的世界，是蘇慕的天堂。

雪冰蟬也在看著同一扇窗子。

窗子把風景割成一個方塊一個方塊，這一塊裏有山，那一塊裏有樹，最角落的小塊裏還有一座樓的頂，樓頂上有個旗子在風中飄，有鳥兒在方塊與方塊間穿行，就像人在房與房間竄門兒。

雪冰蟬靜靜地看著這一切，心裏的記憶也是一小塊一小塊的，可是他們連不成一道風景。也許，要希翼一隻鳥兒來將它們竄起。

她想，蛇人竹葉青就是那隻鳥兒了。

自從點燃竹葉青送她的龍涎香，她的生活便被徹底地改變了，她彷彿擁有兩個自己，一個生活在現代，是冰蟬房地產公司的總經理；而另一個，活在古代，是個癡情而苦命的公主，一生顛沛流離，且所遇非人，愛上了一個天下最冷酷最無情的賭客，蘇慕遮。

她開始越來越頻繁地產生幻覺，常常好好地做著事，忽然腦海中便會產生許多莫名其妙的思維，一些不屬於自己的記憶突然襲來，讓她覺得悽惶甚至疼痛。

這疼痛漸漸成為一道傷痕，隔在她與鍾來之間。

和鍾來不冷不熱地走了兩年，私下裏，她不是沒有盼望過他會有更進一步的表示。然而當鍾來終於正式向她求婚，雖然早在意料之中，事情當真發生的時候，她還是會覺得突然，而且躑躅。

如果請教心理專家，他們也許會說這是女孩子的矜持所致。所有的女子都會把自己當作月中嫦娥，不論嫁給什麼人都會覺得是誤落凡塵，是下嫁。

又或者會說是因為浪漫，女人總是喜歡幻想的，愛情是一本好小說，婚姻卻是由小說拍成的電影，使一切的幻想落了實，定了形。女人喜歡看電影，卻害怕看完電影後的那一種失落。因為理想永遠比現實更美好而且多姿多彩。

都對。又不完全對。從小到大，冰蟬一直都比同齡的女孩子成熟，理性。感情於她，向來看作人生前途的一部分，是與事業緊密相連的，婚姻就像辦公司，一樣是需要經營的。她不相信無所附麗的情感，對普通少女的愛情夢嗤之以鼻，她甚至不喜歡看言情片，她的最佳消遣是金凱瑞和周星馳，荒誕，然而輕鬆。

但是幻覺和夢境使她變得不同。

是夢中人打亂了她一向平靜的心緒，讓她忽然開始渴望愛情，理想，奇遇，及一切不切實際的東西……

「經理，你的神秘早餐又來了。」秘書佳佳敲門進來，打斷了她的沉思。

雪冰蟬聳聳肩，露出一個恍惚的笑：「還是那個小男孩送來的？」

「還是。」

「還是不肯說誰讓他送的？」

「還是。」佳佳放下蛋塔，「要不要打賭，如果您真想知道，我有辦法讓那小鬼說出來。」

冰蟬搖頭：「他守著秘密的時候一定覺得很開心，很興奮。如果我們用成人的狡猾來對付他，不但對他很不公平，而且會讓他打破一個夢，對自己產生懷疑。」

佳佳擰起好看的眉頭，彷彿不明白經理在說什麼。

冰蟬再聳一聳肩：「就讓我們陪他一起保守這個秘密吧。權當是個可愛的遊戲。」

「送蛋塔的人真是有心。」佳佳羡慕地說，「如果有個人這樣對待我，我會毫不猶豫地衝過去，立刻拉他去教堂成婚。」

冰蟬笑了，故意說：「別想得那麼浪漫，說不定是某個合作單位的公關部做的，想先來些小恩小惠作為感情投資，接著提出一個很苛刻的合作條款，放長線釣大魚。」

「嘩，即使是公關人員，如果肯這麼細心備至地關注你所有的愛好習慣，那也八成是愛上你了。」

「佳佳，你說，怎麼樣才算是真正愛上一個人呢？」雪冰蟬竟饒有興致地同秘書討論起愛情問題來。

「這你可算問對人了。」佳佳是那種現代美眉中典型的八卦女，看慣了老闆的嚴謹端莊，難得見仙女也會動凡心，肯與她進行工作以外的談話，頓時眉飛色舞，口采比往常回答房產業務流利一百倍，簡直是妙語如珠：

「愛上一個人呢，就會得上相思綜合症，會魂不守舍，寢食不安，晚晚做夢夢見他，無緣無故為他傷心，想起他時總想落淚，腦子裏常常有幻想，覺得受委屈……」

全中。雪冰蟬呆呆地出神。她說的這些，倒像是自己對蘇慕的情形，可是，又好像不是那麼回事。

「無故發呆，不論聽到什麼不相干的話題也要和他纏在一起……」佳佳仍在滔滔不覺地交換心得：「……說話無緣無故就提到他，有事念叨名字幾十次，沒事也念十幾次，時時只想和他在一起，總覺得有許多話要和他說，真正說了又覺得都是廢話，該說的話永遠也沒有說出來……什麼時候覺得說完了呢，兩個人也就真完了，到分手的時候了。」

冰蟬蔚為奇觀：「你說這一番話不覺得累的？」

「那那那，這又是一條，就是你跟所愛的人在一起呢，永遠都不會覺得累，可是一離了他呀，就說好睏好乏好想睡一覺，真到了自己躺在床上的時候，可又睡不著，翻來覆去想著他，只急著等天亮再見一面。」佳佳總算停下來長篇大論，好奇地看著經理，「雪小姐，您試過戀愛沒有？」

「你呢？」冰蟬把球傳回去，「你這麼有經驗，一定試過十次八次了？」

「十次八次沒有，朝三暮四可是少不了的，比我求職經驗多。」佳佳清脆地笑起來，像一朵花。

冰蟬看著她，第一次發現自己的秘書其實是個相當美麗的女孩子。也許，每個少女在說起愛情這個話題時，都會忽然擁有一份奪人的美麗吧。

同時，她忽然清楚地記起來，她曾經愛過的，深深地，深深地愛過一個人。

他看著她，她就是那一朵在陽光照耀下絢麗盛開的花；他背轉身，她便枯萎——

她清楚地記得，那是春節前夕。

「爆竹聲中一歲除，千門萬戶入屠蘇。」

依照節令，在這一日，家家戶戶都要準備椒花酒，不但自己家飲，還要將酒渣倒入井中，讓千家萬戶同飲共賀。

李時珍《本草綱目》載有陳延之「小品方」，詳細寫明有哪幾味藥，各藥幾兩幾錢，除夕夜抓藥入袋，懸線投入井水中，浸泡整夜。春節將此藥取出煎酒，舉家上下自少至老次第飲之，可除百病。

主人家是名門望族，對禮節尤為重視。自然少不了會按方製藥。那藥酒，是舉行賭壇盛會的佳釀。而冰蟬，除了要身穿白色舞衣，「妙對綺筵歌綠酒」之外，還要充當梟棋，成為這場「六博」之賽的賭注。

那天早晨，她攜著木盆去井邊汲水取藥，卻巧遇正被無聊村婦糾纏的蘇慕遮。

她解了他的窘，飲了他的馬，而他，答應要報答於她。

報答的方式，竟是在「六博」賽上贏了她，再還她以自由。

那一刻，她仰望他，如大旱之望雲霓。

那種感覺，就彷彿獨自置身於無垠的曠野中，周圍一個人也沒有，一絲聲音也沒有，然而陽光在瞬間貫穿了她的身體，將她照得通透。

她前所未有地，在這一瞬間明晰地看清了自己，看清自己的心：我愛上他了！

愛使人覺得充滿，覺得整個的身體都不存在了，腔子裏空蕩蕩的，但是陽光照耀著她，使她感覺到自我的存在，感覺到靈魂的存在，感覺到愛。

她被這愛激蕩著，看到自己的靈魂在陽光中起舞，當一個人愛上另一個人時，就會突然頓悟地球轉動的真動力——那是愛。

是愛讓陽光溫暖，是愛使月夜溫柔，是愛令大海奔騰不息，人類繁衍生存。

她在這愛中陶醉著，沉靜著，感覺到感情像海浪一樣一波一波地襲向她，而她感動於這震盪，這震盪使她產生了一個新的自己。

但是當激蕩褪卻，就像沙灘退去潮汐，她的臉色變得蒼白了，因為她意識到愛的同時也意識到了痛苦——她對他的愛是沒有希望的，一絲一毫的希望也沒有。

她與他之間的距離，就像隔著海洋的沙灘和島嶼那麼遠！

無楫可渡！

雪冰蟬按住自己的胸口，覺得那裏在隱隱作痛。

她有些恐懼那些紛至遝來的記憶，巴不得逃避；另一面卻又難忍好奇，渴望窺破完整的故事，並且，重新經歷那一場痛苦而纏綿的風花雪月。

錦瑟無端五十弦，一弦一柱思華年。
莊生曉夢迷蝴蝶，望帝春心托杜鵑。
滄海月明珠有淚，藍田日暖玉生煙。
此情可待成追憶，只是當時已惘然。

那些惘然的往事，到底是什麼呢？

她找到竹葉青，提出再見一次蘇慕。

但是，為什麼要見呢？就為了那故事的結尾？還是為了在他和鍾來之間做一個選擇？

蘇慕與鍾來，表面條件看起來天差地遠的兩個人，論聲譽論能力蘇慕都不會是鍾來的對手。但是如果蘇慕願意表白，雪冰蟬很樂意給他一個公平競爭的機會。

可是，竹葉青竟然對她說：蘇慕不見她。

曾經死乞白賴地求見一面連報警都不能使他退卻的蘇慕，在雪冰蟬主動提出要和他見面的時候，他居然說不要見她。真是太豈有此理了！

冰蟬幾乎不能相信自己的耳朵：「這是蘇慕的意思？」

「當然。」竹葉青有些氣急敗壞的意味，「不是他的意思，難道會是我的嗎？我巴不得你們趕緊見面呢。」

「那卻又是為什麼？」冰蟬忽然想到一個問題，「竹葉青，為什麼你會對我和蘇慕的事這樣熱心？」

竹葉青忽然忸怩起來，一種被人窺破秘密的羞澀，使她居然臉紅了。

誰可見過一條蛇會臉紅？

「雪小姐不愧冰雪聰明，」她說，同時窘迫地笑，「換了蘇慕那個笨蛋，就再也想不到會問這個問題。」

「到底是為什麼呢？」冰蟬催促。

「其實，我幫你們，是為了我自己。」

竹葉青沉吟：「我的祖先曾經對你的祖先有過承諾，但是卻食言了，所以，不僅是蘇慕遮虧欠你，我們竹葉青家族也虧欠了你。我們三家的命運聯繫在一起，只有你和蘇慕遮的恩怨了了，我們的罪孽才算滿了。」

雪冰蟬想起那個夢，夢中的趙婕妤和蛇人竹葉青，「你就是那個蛇人的後代。」

「竹葉青參見公主。」竹葉青斂容疊手，忽然施大禮長身跪拜。

雪冰蟬忙忙將她扶起，心頭愈發恍惚，幾乎脫口就要說出一句「免禮平身」。今夕何昔？此處何地？遠處又有似隱似現的笛聲響起，伴著竹葉青細說根源——

是人都有缺點，是蛇都有七寸。

竹葉青家族的七寸在於虧欠——她虧欠了趙婕妤。

蛇人可以欺人，可以誤人，可以害人，但是不可以自欺。她們不能夠在對自己承諾的時候懷有一絲一毫的虛偽，不可以自己打破自己的誓言。

然而飽飲了趙婕妤鮮血的蛇人竹葉青破誓了。

她答應過要保全雪冰蟬一世平安的，可是她卻失落了她。

五月，是蛇一年一度蟬蛻的日子。那一天，她覓洞修煉。那個洞口太小了，雖然隱蔽，但是潮濕狹窄，她只得把襁褓中的小公主放在洞口，自己還了本相遊行入洞，坐關入定。

是一場極為痛苦的蛻變，一如趙婕妤的妊娠。所不同的是，婕妤在女兒誕生後耗盡了生命，而竹葉青卻終於成功地褪去蛇身，變成一個修長的少女走出暗洞。

但是，小公主不見了。

剛剛出關的竹葉青驚得幾乎癱軟，魂飛魄散，要知道，她是依仗趙婕妤的血完成蛻變的，她的命和雪冰蟬的命已經聯在了一起，失落了雪冰蟬，就等於失落了她一半的真身，使她永遠不可能完成真正的涅磐。

從此，她一生的修為都是在尋找，找回她的使命，她的本尊，她的債主。

只有找到雪冰蟬，保全她，維護她，讓自己的誓言實現，她才可以大功告成，從此世世代代擺脫蛇人的歷史，成為真正的人。

她取出她的鏡子，尋尋覓覓，照盡眾生，終於有一天，在照到蘇慕遮的時候，她看到了一線生機。鏡子告訴她，找到蘇慕遮，就可以找到長大成人的小公主。

於是，她設法和蘇慕遮結為朋友，並且大度地把鏡子送給了他，希望他有一天用這鏡子照到雪冰蟬，那時，她自然可以循到草灰蛇線，完成心願。

然而她怎麼也沒有想到，蘇慕遮真的找到了雪冰蟬，卻只把她當成一個默默無聞的小婢女，從來沒有想過要對她使用那面鏡子。好好的照妖鏡送給他，他卻只曉得用它來辨別對手，投機取勝。而竹葉青，雖然時時造訪蘇府，常與雪冰蟬近在咫尺，卻陰差陽錯地，從來沒有機會見面。

更沒有想到的是，為了進一步討好蘇慕遮，她為他發明了忘情散，這一次，蘇慕遮卻偏偏用在了雪冰蟬身上，簡直是請君入甕。其後竹葉青照見了蘇慕遮心底的那一滴眼淚，也曾感慨過，惋惜過，卻沒有想到，那個可憐的失去靈魂的小婢女，就是她苦苦找尋多年的公主。

不久，蘇府一場大火，雪冰蟬於火中煙消雲散，化為蝴蝶。當時的竹葉青正在瞑目養息，忽然心口劇痛，彷佛中了雄黃酒一樣，扭曲得不成人形，幾乎散了真氣。

昏迷中，她看到趙婕妤渾身縞素，站在她面前，冷冷地說：「你負了我，沒有照顧我的女兒。」

當晚，竹葉青在產下自己的第二代後，力盡氣絕。

從此以後的每一代竹葉青，都在重複著趙婕妤的命運，逃不過生死更替的劫數。沒有一個竹葉青的母親有機會看到女兒成長，新一代的出生永遠意味著上一代的死亡，無法逆轉。

這成了竹葉青家族最大的災難，難言的隱痛。

只有找到了雪冰蟬，重新拾起自己的誓諾，追隨她，保全她，才算認祖歸宗，完成諾言。

秘密一直到第十幾代竹葉青練成了水晶球之後才終於揭開——是水晶球重演了蘇慕遮和雪冰蟬的故事，讓竹葉青終於明白了小公主真正的身分，明白了竹葉青的祖先曾經做下了怎樣自掘墳墓不可饒恕的罪孽。

於是，新一輪的尋找開始了……

「小公主，現在你明白了？」

竹葉青細說從頭，黯然長歎：

「蘇慕今世的磨難都是因為你不肯原諒之故，只有你心平氣和地原諒了前世蘇慕遮對你做過的一切，今世的蘇慕才可以轉運，我也才能不再受輪迴之苦。」

「這簡單。你把蘇慕找來，我當面告訴他，原諒他了就是。」

「謝公主。」

竹葉青再行大禮，但面色凝重：「不過，事情不像你想像得那麼簡單，要原諒的，不是今世的蘇慕，而是前世的蘇慕遮。公主，只有你和蘇慕遮重新交往起來，在這過程中主動想起所有的往事，並且真正發自內心地原諒，詛咒才會消除，功德才會圓滿。」

「想起所有的事？」

「所有的。」

竹葉青凝重地說：「過程可能很痛苦，但你必須保證自己，可以心平氣和地對待那些記憶，並且寬恕，只有這樣，一個圓才可以畫完整。」

遭遇單指發生在自己身上的經歷，發生在別人身上的，只是故事。

換言之，雪冰蟬要原諒的，不是故事裏的男主人公蘇慕，而是自己實實在在的悲劇記憶蘇慕遮。她必須對所有的往事感同身受，身臨其境，與回憶裏的小公主雪冰蟬合二為一，然後再對那段淪為婢女的悲慘遭遇平靜地接受並原諒。這個過程，其實相當艱難而且殘忍。

然而背負著前世罪孽並一直為這段孽緣贖罪的蘇慕，不是更加悲慘？

「既然這件事對蘇慕這麼重要，他為什麼又不肯見我呢？」雪冰蟬問，她對蘇慕越來越好奇了。

「誰知道那個蠢貨腦子裏有些什麼怪念頭！」

竹葉青憤憤地抱怨著：

「他說你忘了他才會有這麼好的運氣，如果讓你想起以前的一切，可能你的事業就沒有這麼順利了。所以他說，寧可他自己倒楣一輩子，都不想拉你下水。可是他就沒想過，這可不是他一個人的事，還牽連到我們竹葉青家族呀！」

「他是這樣說的？」冰蟬感動起來。倒楣到了這一步的人，竟然還要替別人的運氣考慮，蘇慕對自己的關心可想而知。

「你知道他住在哪裏吧？他不來見我，我去找他就是。」

第十章 重逢

當雪冰蟬出現在蘇慕家門口時，蘇慕簡直不敢相信自己的眼睛。

這怎麼可能呢？他夢中的公主，那天邊的女神，真的會降臨一個窮小子的家嗎？

「公子，我可以進去嗎？」雪冰蟬巧笑嫣然。

她叫他公子，一如前世。然而蘇慕卻清醒過來，明白地知道這是今世的雪經理，不是前生那個小丫環。因為，面前的雪冰蟬是這樣自信，磊落，臉上沒有半分淒苦彷徨。

他端給她一杯洛神紅茶，紅得像血。

「前世，你常常給我泡茶。」他說，如訴衷腸，如嘮家常。

而她絲毫不覺得突兀，自然而然地接口：「但你從來沒有誇過我的茶泡得好，你最多會誇一句好酒。」

「你最擅長煮的是青梅酒。有一次我和你聊起三國時，曹操青梅煮酒論英雄……」

「我記得的。那天是滿月，我們在滴翠亭喝酒下棋說三國，把滴翠亭來比青梅亭，曹操感慨過『今天下之英雄，唯使君與操爾。』但是你卻只歎獨孤無敵。」

「我記得，當時你勸我不如學李白：『舉杯邀明月，對影成三人。』」

「但是你要我陪你下棋，說自己好歹強過李白，不必邀月成伴，而有我陪你對奕。」

「那你還記得那盤棋是誰贏了嗎？」

「當然是你，公子。」冰蟬溫柔地說，「公子所向披靡，從來都沒有輸過。」

蘇慕只覺得迴腸盪氣。

這一刻，已經分不清前世與今生，也分不清眼前的雪冰蟬，究竟是哪一世的雪冰蟬。

屋子裏彷彿起了一陣霧，他變成青衣長劍的古代武士，而她是束髮纏腰的落難公主。

時間和空間都完全混淆了。當感情的潮水淹沒了時間的海洋，千古也就在一念之間，隔了千秋萬代，物換星移，然而愛的誓言，何時有過不同？

蘇慕與雪冰蟬，同時從對方的眼睛中，看到了不容置疑的感情，那就是人間最珍貴的——愛！

曾經，雪冰蟬苦心孤詣地設法釀製新酒。

一心一意，千方百計，要造一種醇而不烈醉而不溺的新酒。

蘇慕遮好飲，但是從來沒有醉過。

也許，是因為他不敢醉。

也許，是因為他不會醉。

一個多疑的人是不可以讓自己喝醉的。

而一個無情的人想醉也很難。

這兩條，他都具備，且是個中翹楚。

這樣的人，怎麼會醉？

或許正是因為如此，他很想醉一場，想嚐一嚐醉的滋味。

人，豈非都好奇於自己所不知道的領域？

所以，雪冰蟬想釀造一種酒，可以滿足公子醉一次的欲望，卻不會傷他的身。

試驗的時候，她忍不住想，人家說酒後吐真言，如果公子醉，他會說些什麼呢？

公子技冠天下，卻時時抑鬱不樂，有時，她會嘗試走近他。

「公子，你的家人呢？」

「被仇家殺光了。」他面無表情，「我已經沒有親人。」

她的心立刻疼起來，脱口而出：「但我會永遠陪著你的。」

「你？」他瞇起眼，嘲弄地看著她。

她立刻覺出了自己的卑微。

卑微，並不是因為她只是一個婢女，而是因為她愛上他。

一個人愛上另一個人，就會變得沒有地位，卑微，無助，自己輕視自己。

她低下頭，回到酒坊繼續試驗她的新酒。

也許，只有醉酒，可以讓她與他有一次平等的談話。

為了尋找一種最好的釀酒材料，她遠赴長白山天池，取寒冰化水，以為酒引。

然而，酒未成，身先死，他沒有來得及喝上她為他釀製的冰蟬酒，她卻已經先為他喝下了忘情散。而那些寒冰酒引，也在酒坊大火中夷為灰燼……

「我第一次見到你，你穿著一身白衣從我面前經過，我不由自主，跟著你走了整整一條街，可是你頭也沒有回一下。」

「我第一次見你，卻是在大廈的樓下，你吵著要見我，滿口裏嚷著什麼前世今生，說要給我講故事。記得，當時我還叫保安送你去警察局呢。」

「是呀，那次我和保安大打出手，卻仍然不能留住你。朝思暮想，什麼時候，我可以和你面對面，坐下來好好地做竟夕之談。」

「但是後來我想見你，願與你做竟夕之談的時候，你卻失蹤了。竹葉青說你不願意見我，為什麼？」

「我前世負你太多，今生受再多的折磨也是應該的，我不想再借你轉運，寧可受百世懲罰。」

「但那都已經是前世的事情，雖然每次我回憶起來都覺得很痛苦，可是現在的你畢竟不同，我們為什麼不可以忘記過去，重新來過？」

「是呀，忘記可以帶給你平穩的生活，記憶卻只能使你痛苦。但是我們被命運詛咒，命中註定，只有你記起所有的事情，並且心甘情願地寬恕，我才能真正解脫咒語。」

這是兩個失散了太久的情人，走過茫茫的時間的荒野，終於又走在一起，他們之間有太多的話要說，太多的舊要敘。

他們從前世談到今生，從初識談到相思，沒有絲毫的陌生，沒有半分的遮掩，彷彿兩個穿過墳墓站在上帝面前的靈魂，肝膽相照。

他們像情侶一樣地開始約會，有著那麼深厚的歷史做積澱，他們的愛，幾乎不需要經過任何的追求與期待，就直接進入了最深沉的苦澀期。

然而愛得越深，就越痛苦。

因為記憶。

那些記憶，往往發生在最快樂的時候。

有人說所有的愛情都會經歷痛苦，然而世上可有一對情侶，會像他們這樣，每當情投意合之際，記憶就會不請自來，讓剛才還沉浸在愛情甜蜜裏的心境在剎那間變得苦澀晦暗，痛不欲生？

風花雪月不一定是柔美浪漫，靈犀相通也不代表心心相印，執手相望之際，最深沉的愛情和最痛苦的記憶，便一同復活了……

除了愛，有什麼理由可以讓一個人放棄所有的自尊與自由，甘願為人作婢，無怨無悔？

雪冰蟬在蘇府雖然自謙為僕，上上下下卻都知道主子許了她自由身，並不敢拿她當下人看待，腳前腳後只趕著叫「雪姑娘」，大事小情只向她問主意。蘇慕遮面前，也只有她可以平起平坐，同桌共飲。

但是冰蟬從不拿腔作勢，居功自傲，總是待人謙恭，事事親力親為。尋常小菜，只要經了她手，便有一番不同滋味；蘇慕遮早晨必飲的一杯蓮子茶，也只有雪冰蟬泡製的最為可口，苦而不澀，香而不膩。

漸漸地，連蘇慕遮都習慣了她的服侍，一會兒不在身邊，就要差人去找來。但是同時，她的過分順從也讓他不知道珍惜，而越來越視她為府裏擺設，彷彿她的存在是天經地義的一般。

一日楚地首富楚半山帶女兒來府上做客，一住半月，言語間，流露出要結親的意思。蘇慕遮雖未答應，卻也沒有明白拒絕。

楚家大小姐楚玉環，相貌美豔，而生性潑辣，一早已揚言非賭林第一高手不嫁。她看中了蘇慕遮，可是蘇慕遮對她卻只是忽冷忽熱，不遠不近，軟硬不吃，聲色不動，竟是滑不溜手。

潑辣的人處事向來有個原則，就是如果事情不合己意，必然不會認為原因出在自己身上，而一定要遷怒於人，她的遷怒對象就是——雪冰蟬。

雪冰蟬的美麗，雪冰蟬的高貴，雪冰蟬在蘇府的地位超然，深得人心，在在都讓她覺得礙眼又刺心。

「她在你府上出入隨意，舉止無禮，哪裏像個丫頭？」她向蘇慕遮饒舌，「看她那份打扮，終年一件白袍子，跟穿孝似的，你也不嫌忌諱。跟她說話，帶搭不理，死眉瞪眼的，木頭都比她多口活氣兒。不過略有幾分姿色，就把自己當天女下凡了。」

蘇慕遮只是淡然：「是嗎？」

「怎麼不是？而且沒有禮貌，架子大得不得了。支使她端杯茶來，她老是不情不願的，我那天散步，想去酒坊轉轉，她居然守在門口不叫下人給我開門，還說什麼酒坊重地不可參觀。倒好像她才是小姐，我倒是僕人了。」

她喋喋不休地抱怨，說道：「一個丫頭子，這樣沒上沒下的，你也不好好管教一下。」

「那麼，就交給你幫我調教調教可好？」蘇慕遮輕佻地調侃，一副浪子相。

楚玉環再潑辣也畢竟是女兒家，不禁紅了臉：「我又不是蘇府女主人，有什麼資格調教丫頭？」

但是背轉身，她卻當真端起女主人的款兒來，命冰蟬當夜抱枕褥到她的屋中服侍。

冰蟬傲然不從，淡淡說：「我雖然是我們家公子的侍女，卻不是別人的丫頭。楚小姐，恕不奉陪！」

「回來！」楚玉環惱了，「你也知道你只是侍女，可不是仕女，端什麼小姐架子？」

「謝謝楚小姐指教。」冰蟬回過頭，平靜地看著她，說道：「楚小姐還有什麼事嗎？或者，我替您把您的丫頭找來？」

她那一種不卑不亢的態度激怒了楚玉環，一個被激怒的人往往會口不擇言，說出心底裏最深的秘密。

「如果我嫁給了你家公子呢？難道你不要叫我一聲夫人？」楚玉環兇悍地問，她意識到自己有些失言，但有什麼所謂，對方只是一個丫頭罷了。在丫頭面前，何必謹慎？

「就算你做了蘇府女主人，你也只是蘇公子的夫人，不是我的主人。」雪冰蟬冷淡地說，「何況，也等到做到之後再說吧。」

「好個牙尖嘴利的丫頭！」楚大小姐大怒，「我如果不讓蘇慕遮罰你，我就不姓楚。」

不知道她究竟是怎樣演繹的，蘇慕遮叫來了雪冰蟬：「立刻去給楚小姐跪下，向她道歉。」

「我不會去的。」冰蟬搖頭，這是她對公子的第一次忤逆。「我不是楚家的丫頭，憑什麼要跪？」

蘇慕遮意外之餘，倒真的有些興致起來，逼近一步：「你真的不跪？」

「不跪！」

雪冰蟬天性中的高貴發作了，她像一個真正的公主那樣昂起頭，凜然地說：「除了天地與公子，我不會跪任何人！」

「那卻是為什麼？」蘇慕遮嘲弄地看著雪冰蟬，口吻輕慢：

「如果我娶了楚玉環為妻，她和我就是兩位一體，你尊重她，也就是尊重我。你可以跪我，為什麼不能跪她？」

雪冰蟬被刺痛了。公子有一天會結婚，會娶妻，他的妻子將成為她的女主人，對她頤指氣使，欺凌她，甚至攆走她。那一天近在眉睫，她將失去她的公子，再不能跟隨在他身邊。

她抬起頭，看著蘇慕遮，不說話。灞橋梅林一戰，她跟定了他，放棄他許她的自由，寧可入府為僕，甚至做得比所有的僕人加起來為他做的都多。可是他不領情，他擁有了她的自由，便隨時準備將它像禮物一樣送給別人，讓別人分享他對她的特權。在杭州迷園是這樣，回到靜翠湖還是這樣。何其殘忍？

而這殘忍在繼續，蘇慕遮嘲諷的笑像一柄劍一下下地切割著她的心，他哂笑著，彷彿在說一個多麼可笑的笑話：

「你既不是丫頭，卻又死乞白賴地跟著我，算什麼？莫非，你愛上了我？」

「是。」雪冰蟬忽然清脆地回答，完全豁出去。「只有愛，會讓我如此地沒有地位，沒有自我。」

「你怎麼會有這麼古怪的念頭？」沒想到，蘇慕遮竟這樣評價，「楚玉環說你沒上沒下，不主不僕。我也覺得不方便再留你，你走吧。」

「你真的要我走？」

「要麼離開我這蘇府，要麼去給楚玉環跪下，這兩樣，你選哪樣？」他折磨她，並以折磨她為樂，就像貓玩老鼠。

「帶著你的枕頭，滾到楚玉環的屋子裏去，她叫你做什麼，你就做什麼。如果做不到，也不用再來見我了。」

「公子，我到底做錯了什麼，你要這樣對我？」雪冰蟬終於流淚，她看著蘇慕遮，一生中，唯一地一次表白，也唯一的一次怨憤：

「我一生中，唯一的錯，只不過是愛上了你。就因為我愛你，你便可以任意羞辱我，輕薄我，討厭我！愛你，是這麼不可饒恕的錯嗎？」

雪冰蟬在夢中輾轉反側。

以前，她只要睡著，就像是一隻沒有變成蝴蝶的蛹，異常酣熟。

但是現在不同了，現在她每晚蠢蠢欲動，即使在睡夢中也不斷地抖動她的長長的睫毛，彷彿蝴蝶撲著牠的翅膀，哪怕再細微的聲響也能將她驚醒，而她一旦醒來，眼睛中立刻流露出不安與悸動，甚至不需要經歷那個從朦朧到清醒的過程。她幾乎就是為了災難而準備著，時刻憂慮並等待它的降臨。

而那個災難，就是蘇慕，以及她的關於他的記憶。

記憶自喝下忘情散之後中斷，變得空白。

忘情散。是因為那樣的絕境，才逼使她不得不孤注一擲，以喝下忘情散出賣靈魂為代價留在他的身邊。

後來呢？

她再一次問自己，後來呢？變成「武媒」後的自己是怎樣的結局？她終於留在公子身邊了，但是公子如何待她？他娶了楚玉環沒有？

雪冰蟬坐起來，把臉埋在手心裏，接了滿手的淚。

她已經接連幾個晚上沒有好睡了，連龍涎香都於事無補。每到深夜，前世的記憶就會來叩她的門，令她痛楚不堪，輾轉難眠。

她越來越害怕那些突如其來的苦難記憶。

隨著她的記憶漸漸復甦，她的痛苦也越來越深重，每想起一點往事，都會令她的痛楚加重一分。誰會願意生活在舊日的災難裏？

如果相愛就意味著重複痛苦回憶，那麼這一段感情，可還值得祝福？

她不住地對自己說：那是前世，是過去，和今天的自己，今天的蘇慕無關！但是有什麼用呢？前世也罷，今生也罷，雪冰蟬還是雪冰蟬，她們擁有同一顆心，也就擁有同樣的愛與痛楚！她渴望見到蘇慕，希望分分秒秒與他在一起；但是又害怕見到他，再次想起那些不開心的往事。

記憶如影隨形，讓愛人的心飽受折磨。

窗外彷彿是起風了，有隱隱的聲響，如泣如訴。月光透過窗紗鋪了一地，宛如秋霜，透著一股寒意，照著她輾轉反側——

明月樓高休獨倚。酒入愁腸，化作相思淚。

這是她前生最喜歡的詞。後來，那滴相思淚化作了蘇慕的心。

「蘇慕，蘇慕。」她沉吟著，不知是甜蜜還是悲傷。蘇慕的名字，像一柄帶刺的劍，在她的心裏翻絞，每念起一次，疼痛便加重一分。她的心，已是千瘡百孔，傷痕累累。

什麼叫刻骨銘心？什麼叫生不如死？原來這就是了。

第十一章

不如離去

茫茫雪原，他與她並駕齊驅，打馬狂奔。

每年一度的校場圍鹿，是蘇慕遮必會參加的豪賭——他既然把自己的庫房取名「問鼎樓」，自然不會忽視「逐鹿中原」這樣的項目。

別人參賽都會組織一支馬隊，這樣才有君有臣，有主獵亦有幫獵，有衝鋒陷陣的，也有不求有功但求干擾對方的，所謂丟卒保車，圍魏救趙。

然而蘇慕遮卻從來都是單槍匹馬。

在他眼中，向來只有對手，沒有夥伴。所有的人都是配角，要麼輸給他，要麼遠離他。

他不屑於與任何人為伍，或者為友。

但今年與往年不同，他帶了一個嬌媚如花的同伴，雪冰蟬。

是冰蟬自告奮勇請纓而來的，她說，她可以為他暖酒。

騎手在打獵的時候一定會喝酒，而喝熱酒當然比喝冷酒好。在大雪天裏，喝一壺熱熱的花雕，簡直比參湯還更有效，補充體力。

所以，他難得地點了頭，說，跟上吧。

「跟上吧。」就像他第一次在六博上贏了她之後說過的。

那次，她跟上了他；而這次，他差一點就丟下了她。

她在奔跑中墜馬。

在眾馬夥的圍追堵截中墜馬。

雖然他們的目標其實是蘇慕遮而不是她，但她難免池魚之殃。

有暗箭破空而來，直奔向他的背心。他身後長眼，背使長劍一一格開，並不回頭。

江湖人獵鹿，明修棧道是贏，暗渡陳倉也是贏，並不講求公平。

她跟在他身邊，左右支絀，柔弱的她，不可能是整票訓練有素的馬隊的對手。眼見一箭飛向他，她不顧一切，猛撲上去，擋在他身前。

箭射中了她，血像水一樣噴出來，她翻身落馬。

然而他看也不看她，便打馬自她身上躍過，一路前行。

紛遝的馬蹄濺起落雪，將天與地連成一片，騎手們在雪中呼嘯奔獵，而他的身影，永遠是最矯健出色的。

逐鹿中原，誰主沉浮？

所有的男人都有帝王欲，稱霸武林，和九五至尊，是一樣的英雄。

他們視榮譽為生命。在勝利面前，自己的生命也可以置之度外，何況他人？

何況一個微不足道的小婢女？

她絲毫不怪他，即使匍匐在地，血灑在雪地上，濺開萬朵梅花，她也不會怨怪，也不會覺得疼，她的心裏只有公子，沒有自己。她拚力地仰起半身，向著駿馬奔去的方向，熱切地喊：「公子，快呀！」

公子很快，公子射出了那致命的一箭，同時，他自己也像是一枝最鋒銳最迅捷的箭，排眾而出。他盔甲上的銀釘比雪光更亮，而他的眼睛比槍尖更鋒銳。

他獵到了那頭鹿，將牠高高地叉在他的槍尖上，招搖炫眾。

所有的人都圍著他歡呼慶賀，她扶著一枝隨手砍的樹枝，艱難地走向他，怯怯地叫：「公子。」

然而她的聲音被淹沒在人群中，他的眼睛從來都看不見她的存在，他甚至沒有問一句他那可憐的小婢女是否還活著，便高高地騎在馬上，一路呼嘯奔回了……

冬天的第一場雪。

冰蟬和蘇慕並肩徜徉在古城牆上，徜徉在天地之間，古代與現代的交界點。不遠的鐘樓上有人在敲鐘祈福，清越的鐘聲穿過塵囂與雪幕，鏗鏘而來。晨鐘暮鼓，還有哪一個城市會比西安更具有歷史的壯美？

然而冰蟬的眼中，卻看不到一絲的美妙，想起的，都是比雪更加冰冷的記憶。校場圍鹿，雪中墜馬……那一次，她整整爬了三天，才穿過那片看上去遙無邊際的雪野，回到山村裏，然後苦苦哀求一位好心人將她送回蘇慕遮的身邊。而他，竟然從未意識到曾經丟失了她……

雪冰蟬覺得恐怖，世間怎麼會有那樣的愛情？充滿了罪惡與殘忍，極度的癡情和極度的負義，讓一個現代人不能置信，不可理解。她幾乎要拒絕相信，那個愛上一個毒藥一樣的男人的癡心女子，就是她！

她回頭，看著身旁的蘇慕，覺得他如此親近又那樣遙遠。他們之間，相隔著上千年的歷史滄桑，如何能再走到一起？江湖夜雨十年燈，相逢一笑泯恩仇，說起來輕鬆，真要做到，談何容易？

「冰蟬，你是不是想起了什麼？」蘇慕看著冰蟬的臉上忽悲忽喜，關切地問。

冰蟬低下頭，遲疑了一下，才輕輕答：「校場圍鹿。」

蘇慕忍不住歎息了，他當然也記得那一場無情的狩獵。當時的蘇慕遮，可以打馬躍過雪冰蟬的身體而不見；今世的蘇慕，卻清楚地記得每一點每一滴。

世間事，一飲一啄，莫非前報。他們之間的那筆賬，豈是三言兩語交代得清的？

他覺得心灰，不忍看到往日神采飛揚的女經理雪冰蟬自從和他在一起後，一天比一天變得憔悴。「冰蟬，如果，見到我真的讓你這麼痛苦，」他看著冰蟬，艱難地，一字一句地說，「我們，還是不要再見面了。」

「蘇慕，我昨晚夢見你了。」雪冰蟬顧左右而言他。她真怕蘇慕再來一次失蹤，她明白他為什麼不願意見到她，可她是好不容易找到他的，怎能讓他輕易言去？

她挽著他的手，踏過城頭薄薄的積雪，一步一個腳印。「我夢見你，在一個綠色的湖畔，我們踏著黃葉散步，你對我吟詩……」

「是范仲淹的《蘇幕遮》。」

「是《蘇幕遮》。」冰蟬微微一愣，忽然省起來，「曾經有人每天給我送花，卡片上沒有名字，只有一句詩，合起來，組成一首詞，那個人，是不是你？」

「是。我給你寫著：麻將賽場見。我就是因為知道你要參加麻雀賽，才去報名的。」

「原來是你。」冰蟬唏噓。原來是他。

「你原來以為是誰？鍾來？」蘇慕問。

冰蟬驚奇地瞪大眼睛。

蘇慕說：「我聽說他一直在追求你。」

「他向我求婚。」冰蟬承認，「我還沒有回答他。」

「鍾來是個好歸宿。」蘇慕居然這樣建議。

冰蟬再次瞪大眼睛：「你說我應該接受？」

「當然。失去這個機會，你很難再遇到更好的選擇。」

冰蟬愣愣地看著蘇慕，一時氣惱過度，竟不曉得反應。只聽他侃侃而談：

「冰蟬公司和鍾氏企業是房地產業的兩大鉅子，如果兩家能夠聯手，無異於如虎添翼。以經濟合作為基礎，是這個時代最穩定的一種婚姻模式。而且從那天賽場上就可以看到，鍾來對你小心翼翼，追求你絕對不是為了單純的企業合作，而出自一片真心。無論從外形到本質，他都是整個西安甚至全世界可以找得到的最適合你的天生佳偶。」

每一句都是真理。再正確不過。他分析得如此冷靜而有條理，好像在一心為她著想。可是一個人能夠如此理智地對待感情，那麼他對她的感情是真的嗎？

「你，你勸我答應他？」冰蟬又羞又氣，「那麼你呢？我們呢？我們算什麼？」

「我早就想和你說這句話，我們其實是兩個世界裏的人，交往太近並不是好事。」蘇慕轉過身，背對著雪冰蟬說，「冰蟬，不要再找我了。」

「什麼？」

「我覺得累了，不想再跟你一起回憶過去。以後，我們還是不要再見面了。」蘇慕望著遠處，只覺得心裏一陣緊一陣地疼著，可是因為愛，他不得不這樣抉擇，「冰蟬，忘記我，只當我從來沒有出現過。」

「不！」冰蟬撲進他的懷裏，迫使他面對她，「蘇慕，你不會離開我！我知道你是愛我的，你不會捨得離開我！」

「但是我們在一起，兩個人都覺得痛苦，又何必呢？」蘇慕狠心地說，「以前我雖然運氣壞，卻知天樂命，得過且過。現在被迫面對自己的歷史，活得這麼清醒，這麼清醒地痛苦著……我不想再面對了，我們還是分手吧。」

「你是認真的？」冰蟬猛地退後一步，愣愣地看著蘇慕，震驚過度，反而使她不曉得憤怒。蘇慕拒絕她！蘇慕居然告訴她不要再見面！感情和自尊同時受創，使她一時之間竟反應不過來，只是愣愣地看著他，那麼無辜，那麼無助，彷彿在這一刻忽然回到數百年前，那個靜翠湖邊彷徨的小女孩。

「你要和我分手？」她喃喃地重複，不能置信地。

「是。」蘇慕斬釘截鐵地回答。

「你不後悔？」

蘇慕再次背轉了身，不肯回答。

「分手……」冰蟬的嘴唇不受控制地哆嗦著，卻仍然不甘心地再問一次：「你說的是真心話？」她忽然憤怒起來，提高了聲音：「為什麼不敢面對我？你看著我。我最後一次問你：你是不是真的要分手？」

蘇慕咬了咬牙，猛回身，再一次答：「是！」

「好。分手就分手！」冰蟬轉身就走。走到台階邊，卻忍不住停下來，伏在城頭，哭了。

蘇慕本能地追上去，把外套脫下來披在她身上，心中忽然又有了那種想流淚的感覺。他知道，是心底的那顆珠在作怪。然而，誰又能說清，他與冰蟬，究竟是前世的恩怨糾纏，還是今生的真心相愛呢？

眼前的路那麼蜿蜒漫長，不知道前面究竟有幾個拐彎，又拐向何處。然而一邊是懸崖一邊是峭壁，他除了沿著那條路往前走，又有什麼選擇？

他從身後緊緊地抱住冰蟬，將臉埋在她的長髮裏，只希望一生一世不要鬆開。可是，他的心留著她的淚，他的懷抱，可留得住她的人麼？

「還要我離開你嗎？」她在他的懷中問他，冷著聲音。

蘇慕不答，卻忍不住深深歎息。

冰蟬閉了閉眼睛，心頭也掠過一陣痛楚，感受到他的愛情的同時，也感受到了他的痛苦。她知道，他的放棄是為了她，他的心裏，是願意她留下的，留在他身邊。她輕輕咬了咬牙，問他：「是不是我說一聲原諒你，你就可以不要這樣總是長吁短歎了？」

「我長吁短歎了嗎？」蘇慕苦笑，「在前世，你也總喜歡這麼說。」

「說什麼？」

「說我老是皺著眉呀，長吁短歎呀。」蘇慕想起前世，又不禁歎息了，「冰蟬，是我欠你太多。」

「你已經說了一百遍了。」冰蟬幽怨地推開他，但是一語未了，她的臉色忽然變得慘白，因為她也想起來了，想起來那些關於虧欠與付出的往事……

蘇慕遮從來不知道什麼是開心。

因為他怕輸。

越贏，就越怕輸。

一個總是怕輸的人是不會開心的。

大比之期日近，他的擔憂也就越強烈。雪冰蟬見他眉宇間時時有抑鬱之色，恨不能以身代之。

天下人都只會覺得他無情，恨他，怕他。她也怕，然而她的怕，卻是因為愛。

由愛故生憂，由愛故生懼。她懼怕，是因為怕離開，怕失去，怕不能取悅於他。

只有她看出他其實寂寞。

「公子，不要這麼不開心吧。」她婉轉地央求，一心想為他做些什麼，只要能搏他展眉一笑，什麼她不可以付出的呢？「公子，讓我給你彈支曲子好不好？」

「彈曲？」蘇慕遮不耐煩地看著她，眼中掠過一絲惱怒促狹，忽然說，「好，多彈一會兒，我不發話就不准停。」

「是。」冰蟬搬出琴來，調柱撥弦，款款彈了起來，邊彈邊唱：

一張機，采桑陌上試春衣。風晴日暖慵無力。桃花枝上，啼鶯言語，不肯放人歸。

兩張機，行人立馬意遲遲。深心未忍輕分付。回頭一笑，花間歸去，只恐被花知。

三張機，吳蠶已老燕雛飛。東風宴罷長洲苑。輕綃催趁，館娃宮女，要換舞時衣。

四張機，鴛鴦織就欲雙飛。可憐未老頭先白。春波碧草，曉寒深處，相對浴紅衣……

從一張機彈到了九張機，蘇慕遮仍不叫停，只得又從頭再彈一遍，采桑的女子遇到心頭愛，捐棄一生，未老白頭，落得一場空。

偷眼看蘇慕遮，仍然絲毫沒有叫停的意思，冰蟬無奈，又唱起九章來。

九章名為九章，其實有十一段，每段又往復三次，婉轉回復。一曲九章唱完，冰蟬的嗓子已經嘶啞，鶯聲燕語變成了杜鵑泣血，兩臂也累得有點抬不起，十根手指都泛白磨破，微微滲血。

然而蘇慕遮一邊啜著茶，一邊聽曲賞竹，對冰蟬的痛苦萬狀聽而不聞，視而不見。

冰蟬終於忍不住，停下手問：「公子，我可以停了嗎？」

「我叫你停了嗎？」蘇慕遮皺眉，「不是你自己提出來要唱曲給我聽的嗎？既然怕累，又出來討什麼嫌？」

冰蟬咬咬嘴唇，一聲不響，重又歸坐正身，再次彈撥起來，十個指尖都已裂開，每一個音符裏都滲著一滴血。

蘇慕遮背著身子，良久，終於不耐煩地說：「好了好了，別彈了，彈得那麼難聽。」

雪冰蟬如蒙大赦，停下手來，顧不得十指如刀割，只期盼地問：「公子的心情好點了嗎？」

蘇慕遮心裏微有所感，卻仍是刻薄地說：「聽你彈得這麼難聽，好得了嗎？」拂袖便去。

冰蟬身子微微一顫，這次，不禁是流血，連淚也流了下來。

「我不想回憶，我不想記起，如果記起過去是這麼痛苦的一件事，我寧願再喝一碗孟婆湯，把所有的一切再次忘記！」冰蟬痛苦地叫起來，同時忍不住彎下了身子，用雙手抱住頭。

「好好好，不要想不要想，要是記憶真讓你這麼痛苦的話，那就都忘記好了。」蘇慕連聲安慰著，心疼得無以復加。原來，愛一個人，就是如果她開心，你也會跟著一起開心；她痛苦，你會比她更加痛苦。

他終於明白了前世的雪冰蟬為他彈琴至十指滴血的心境。那樣深情忘我的愛，在前世，他怎麼竟會不懂得珍惜？罪孽啊，那樣深重的罪孽，要他今世付出什麼樣的代價都不為過。可是，他怎麼忍心再連累冰蟬？

「蘇慕，抱緊我！」冰蟬痛楚地喊，痛得扭曲。

「蘇慕，抱緊我！」時間忽然就靜止了，天地無聲，他的眼淚緩緩地，緩緩地流了下來。他知道這是他最後一個機會，他等了她這麼久，想得她這樣深，現在，她就在他面前，就在他懷中，抱緊和失去，只在他一念之間。然而，如果一個男人，不能為他心愛的女人做任何事，除了傷心和痛苦之外，不能帶給她任何益處。他該怎麼做？

他能怎麼做？

——除卻離開。

只有離開！

面對冰蟬的眼淚與痛苦，蘇慕再一次下定離開的決心。

「我說過，我們在一起，只有痛苦，沒有快樂，你還是走吧。」

「你，你又……」冰蟬氣苦至極，卻頭疼得說不出話來。

蘇慕心痛如絞，他抱著她，努力地忍住奪眶欲出的眼淚。他不能哭，不能讓她看出他的不捨，他的感情，不能再給她一絲一毫的留情。他要讓她死心，讓她放棄，讓她再一次，徹徹底底地將他忘記。

傷害她，從而保護她。

除此之外，他別無選擇。

抱緊她，就像抱著自己的心，然後，推開。

他推開她。

推開她。

推開她！

他推開她，推開自己的生命，自己的至愛，自己的心！

她的眼淚留在他的心底，他的心，卻再也承擔不起她。

「冰蟬，我們緣盡了！」他冷漠地說，不再是今世隨和的蘇慕，而變成了前世無情的蘇慕遮：

「我本來以為和你在一起會從此轉運，可是現在才發現於事無補，我們是不相關的兩個人。我已經決定和你分手，你還是走吧！」

「不！你說的不是真話，你是違心的！」雪冰蟬虛弱地抓住蘇慕，不知道在對他說話還是在對自己的心說話。心是那樣地疼痛哦，猶如萬箭攢射。

然而蘇慕硬著心腸，在她已經千瘡百孔的心上又撒了一把鹽：「冰蟬，你的記憶只到喝下忘情散為止，你知不知道，在前世，你是怎麼死的？」

冰蟬恐懼地睜大眼睛，求助地看著蘇慕，想求他不要說出來。她已經預感到那答案是多麼地殘酷而冰冷，想阻止，可是愈來愈烈的頭疼使她欲言又止。

而他已經冰冷地一字一句地說出答案：

「是燒死的！蘇府起了一場大火，所有人都逃了出來，只有你，沒有知覺，沒有能力，我指揮家人忙著救火，保護財物，可是我忘了你，放任你被活活地燒死！」

「不！不！不……」冰蟬終於慘烈地痛呼出聲。太殘忍！太滅絕人性！太不堪承受！冰蟬撲倒在城樓上，整個人疼得蜷曲起來。

「如果你不想再一次引火焚身，不得好死，你就跟著來吧！」

蘇慕的心已經在滴血，他好想扶起她，抱緊她，一生一世都不鬆手。然而他能做的，只是再看她一眼，深深地，深深地看著她，彷彿要把她的樣子牢牢烙印，然後掉轉身，離開！

他，蘇慕，拋下哭泣的愛人，大踏步地走了開去，再也不肯回頭。

「蘇慕……」冰蟬無力地叫，張開口，卻已經發不出聲音，她向蘇慕淒苦地伸出雙手，想抓緊他，然而心疼得使不出一點力氣來。

忘記，也許真的是最好的選擇，既然愛得如此痛苦，不如從此絕情棄愛。

她放棄地閉上眼淚，把臉朝向城牆，任淚水汩汩地流淌下來。在雪中。

就這樣，凍僵了一場愛情。

第十二章

三彩瓶

碧雲天，黃葉地，秋色連波，波上寒煙翠。
山映斜陽天接水，芳草無情，更在斜陽外。

蘇慕遮抱著雪冰蟬的身體，坐在寒煙籠翠的湖邊，沉聲吟哦。

雪冰蟬「生」前一直都喜歡這略帶淒涼的湖畔秋色，每當荷花開的時候，她就會獨撐一隻小船，輕舟快槳，穿梭在無窮荷葉間，採摘新鮮的蓮藕，剝出蓮子，替蘇慕遮泡蓮子茶。

一顆顆蓮子的心，清苦中寒香縹緲，是練武之人提神醒腦的最佳早茶。

蘇慕遮已經很久沒有喝過蓮子茶了。

自冰蟬睡後，茶也沒有茶味，酒也沒有酒意，生活，忽然變得索然無味。

他終於難得地有了思念。

思念自茶與酒這些日常享受開始，愈來愈深，愈來愈強烈。漸漸深入骨髓。

他越來越頻繁地抱雪冰蟬來湖邊靜坐，她躺在他的懷裏，溫柔，順從，一如她「生前」。然而，生前的她，何嘗有片時得到過他的溫存？

依賴著雪冰蟬這具「武媒」，他的功力與日彌增，卻並不自覺，對她的依賴也早已刻骨銘心。

忽然那天一場大火，他就此失去了她。失去的時候，他並不知道這「失去」有多麼慘重。然而一日日過去，他的身邊空了，心裏也是空空的。

浪跡天涯多少年，再回這靜翠湖邊，面對同樣的景色時，他忽然明白，這些年來，到底為什麼這樣抑鬱寡歡。他終於記起了雪冰蟬，一旦記起，就再難平息，那一種思念的痛錐心蝕骨，沒有任何一種情感可以替代。

他開始覺得寂寞。

寂寞於他，本來就是如影隨形的。

一個驕傲自負的人，從來都不容易得人好感。

一個鋒芒畢露的人，更加不容易交朋友。

而一個又驕傲又自負又鋒芒畢露的人，豈止沒有朋友，簡直就是武林的公敵。

但是以往他習慣了，習慣了與寂寞相伴，也習慣了與眾人為敵。

可是自從有了雪冰蟬之後，她陪伴，追隨他，順從他，使他就像習慣寂寞那樣習慣了她的陪伴。

如今，他卻失去了她。

沒有得到是寂寞的，然而得到又失去，才是真正的絕望。

他終於知道，雪冰蟬死了，這一生中最愛他的那個女子，那個肯為他犧牲一切乃至生命與靈魂的女子死去了，走遍天涯海角，他將再也找不到她。

找到她又怎樣呢？他並不知道。他只想靜靜地抱著她，一起坐在這靜翠湖邊，哪怕她只是一具沒有思想沒有感情的軀殼，只要她在他身邊，他便心足。

然而此刻，他的懷裏空空的，他的心裏也空空的。勝利又有何意義呢？如果冰蟬不能與他分享。

從過去到以後，他沒有輸過，從來，都沒有輸給任何人，只除了，他自己。

他輸給了他自己一生中唯一的一次心動，輸給了他恨海難填的懺悔與思念。從此以後，他再也沒有笑過。他的心裏，有一角已經空了，支離破碎，永遠地殘缺了……

蘇慕跌跌撞撞地走下城牆，毫無目的地穿過人群，穿過大街小巷，穿過古代和今天，穿過他一生一次唯一的感動。真的分手了嗎？就這樣離開，永遠不見面？

他走過多少孤獨的漫漫長路才重新找到她，他經過多少雨雪風霜的磨折才終於接近她，他又忍受了多少隱忍苦痛才與她再次相愛，如今，都不作數了？

他的淚流下來，落在風中。

男兒有淚不輕彈，況且，前生他是一個劍客啊，天下無敵的劍客。浴血斷腕也不會流淚的，可是現在，他真的疼了，敗了。

能打敗一個不怕死的劍客的，只有情字。

讓一個鐵石心腸的人動情，使他的心變得柔軟，再將劍刺進他的心，就會一擊而中。

那是一場天地無光的惡戰。

也是蘇慕遮生命中的最後一戰。

靜翠湖邊，蘇慕遮的仇家如期而至，應約為那次火難進行一場殊死決鬥。

蘇慕遮仗劍而立，背對仇家，看也不看他，只問：「是你放的火？」

「是我。」

「那麼，出劍！」

「你不問我為什麼要放火嗎？」

「與我何干？」蘇慕遮輕蔑地說，「為什麼放火是你的事，但是懲罰你的放浪卻是我的事。來吧，拔你的劍！」

「蘇慕遮，你太狂妄了！」

縱火者號叫起來：「七年前，就是你的狂妄傲慢害死了我父親。當年泰山之上，你和他鬥鼓，你贏便贏，為何要當眾侮辱於他，逼死人命？我要替父親報仇！」

「泰山之賭？」蘇慕遮想起來，原來這縱火者便是鼓王倪二的獨生子。

那一年，楓葉初紅，天下賭林人士盡集泰山，做空前之賭。蘇慕遮此時已經練就完璧無瑕功，胸有成竹，欣然赴會。群雄於泰山觀星台相聚，鬥酒對奕，擊鼓傳花，投壺，射覆，玩骰子，種種賭局盡挑隨選，既是賭博，也是比武，八仙過海，各分勝負。

而蘇慕遮，贏遍天下高手，獲勝於每一場比賽。

與倪二的賭是比鬥鼓藝。雙方約好，以鼓聲高低鼓點整齊鼓韻悠揚定輸贏。

鼓王一鼓作氣，再而衰，三而竭，只是一盞茶功夫，已經落了下風，鼓聲漸伏，鼓點散亂。

楓葉紛紛飄墜，落了一地，如血。

本來蘇慕遮大可在此時收手，輕而易舉地贏這漂亮的一仗。然而他得理不饒人，乘勝追擊，愈擂愈勇，直有開山裂石之聲，以致觀陣的賓客不得不捂住耳朵來躲避過強的鼓聲所帶來的那一種兵氣縱橫。

倪二精疲力竭，卻仍不罷手，拚盡全力敲打著早已潰不成軍的鼓槌。蘇慕遮打狗入窮巷，立志要逼對方棄鼓，遂鼓聲雷鳴，如千軍萬馬紛至遝來，終於用內力一氣震破對方的鼓。

萬籟俱寂，漫山的楓葉在那一刻盡皆萎落，正如鼓王倪二的一世英名掃地。倪二羞愧難當，對著一面破鼓，一口鮮血噴出，廢然長歎：「罷了，罷了！」掣出劍來，猛地一橫，當眾自刎。

「蘇慕遮，本來輸贏只是一場遊戲，可是你卻不留餘地，非要逼得先父自盡！」縱火者悲憤地控訴，「此仇不報，枉為人子！你也是父母所生，難道就沒有人性？」

「手下敗將，何必多言？」

蘇慕遮不屑：「那倪二早已輸了，卻苟延殘喘，不肯棄鼓投降，真是不自量力！況我蘇慕遮一生中賭無數次，勝無數次，個個敗將的後代子孫都來找我報仇還了得？少廢話，拔劍吧！」

一場惡戰。

從問鼎樓打至靜翠湖邊，從天昏地暗打到旭日初升，又從風和日麗打到大雨傾盆，驀地一聲炸雷，一道電光，照亮了靜翠湖，也照亮了蘇慕遮的記憶，他在那一刻想起了雪冰蟬，想起了冰蟬在玫瑰園中說過的話：

「花開在枝頭上，但是落在爛泥裏。富貴榮華，究竟有何意義呢？」

富貴榮華，有何意義呢？

他傾聽那雷聲，彷彿聽到冰蟬對他說話。閃電照在他的臉上，化成一個千古的定格……

大雪茫茫，天地幾乎連成一片。

蘇慕霍然站住：他想起過的！前世，他想起過雪冰蟬的！在他罪惡的一生中，在他人生的最後時刻，他終於想起了雪冰蟬，想起了愛！前世的蘇慕遮，不是因為絕情而死，恰恰相反，他是因為知情，因為終於懂得了什麼是真正的愛情而憂鬱，而獨抱終身，而悵然辭世。

那顆眼淚留在蘇慕遮的心裏，也流在蘇慕的血液中，連繫前世今生的，不是恨，而是愛！

然而，愛在今生，再一次夭折！

蘇慕停下來，仰天長嘯：為什麼？為什麼愛只能使他心愛的人痛苦？為什麼身為一個男人，他不可以讓他的至愛歡笑？即使一個最無能的農夫，也會用一只蘋果一朵野花討妻子的歡心，而他，他卻只會使她流淚。為什麼？

既然天不許他們相愛，又為什麼讓他們相遇？為什麼逼使他只有得到她的原諒才能完成劫數？誰可以回答他?!

蘇慕環顧四周，這裏不是城牆公園嗎？城南酒吧在哪裏？竹葉青在哪裏？

他忽然號叫起來：「竹葉青——竹葉青——你出來——出來呀！」

「我在這裏。」

蘇慕回過身，夜便在他身後跌下來。

竹葉青不知在什麼時候出現了。她看著蘇慕，眼中竟然有了難得的同情和憐惜。

她和他，糾纏了幾生幾世了，如果人與蛇可以相戀，她對他，豈非也是付出了很多？

「蘇公子，」她看著他，同樣分不清他是前世的蘇慕還是今世的蘇慕，而自己，又究竟是哪一世的竹葉青，「我能幫你做什麼？」

十二　三彩瓶

「拿酒來！你的酒呢？你的竹葉青呢？你的回憶呢？拿來，拿出來呀！」蘇慕大叫著，狀若瘋狂，不等飲已經醉了，「竹葉青，你的城南酒吧在哪裏？拿你的酒出來，我要喝酒，陪我喝酒！」

酒。

五顏六色的酒。如翠，如血，如琥珀，如藍綠相間的貓兒眼。

蘇慕暴殄天物，以一種鯨吸牛飲的姿勢把酒一杯杯地「倒」進喉嚨，他簡直不是在喝，而是在灌。

他要灌醉自己，然後忘記一切。

可是，即使最瘋狂最混沌的時刻，他也仍然鮮明地記著那個名字，那個由一滴眼淚刻在他心上的名字——雪冰蟬。

「竹葉青，拿你的水晶球出來。」蘇慕喃喃，「你的水晶球可以告訴你前世，能不能告訴你將來？雪冰蟬的將來會怎麼樣？她會不會幸福？」

「水晶球只可以發掘真相，不能夠預測未來。」竹葉青無奈地說。

「那麼，你的使命呢？你的使命有沒有規定，如果我得不到雪冰蟬的愛，結果會怎麼樣？」

「你會萬劫不復，永世倒楣。」

「雪冰蟬呢？她會怎樣？」

「我會保護她。」

「你保護她？」

「我的使命，就是要找到小公主，保全她一生平安。」

竹葉青，一個依靠血統代代相傳而穿越時光與空間的人，她們在這地球上生存了幾百代了，永遠只叫一個名字，永遠只有一種面孔，永遠只從事一種行業，永遠扮演一樣角色。

沒有人能說清她們是正義的或是邪惡的，沒有人能審判她們。

然而她們，卻總把自己當成上帝的使者，在半人半蛇，半神半獸間，扮演著先知的角色。

她們太清楚人性的缺口在哪裏，清楚地了解人類的欲望，恐懼，從而了解如何控制和利用他們的缺陷，並對準人類的致命傷一擊而中。

她們是冶煉藥物造就阿基里斯的人，同樣也是預留阿基里斯之踵的人。

然而，誰又知道蛇人的阿基里斯之踵在哪裏呢？

每年五月，是蛇蛻變的日子，陰陽生死之交。

蛇人竹葉青一生中，有三個最重要的五月。

第一個五月，她在趙婕妤的血裏完成了從蛇到人的蛻變，一條蛇的重生與一個公主的落草同時進行著，這是蛇人的驕傲，也是蛇人的債項——任何承受不起的殊榮都是一種債。

從此蛇人與小公主，在某種含義上其實成了同年同月同日生的連理枝，命運相連，禍福與共。她們擁有一個共同的母親，情同手足，義如主僕。

然而，在一年後的五月，蛇人入洞修煉，丟失了小公主，丟失了她誓言的核，從此背負罪惡的十字架，開始了一生一世的尋找。那是踐諾，也是贖罪。

她不知道，她的小公主，已然淪落民間，成了一介婢女。她更不知道，天理循環，所有小公主承受的苦難，命運都將十倍報復於她的身上。

是公主的命運如此，還是蛇人的罪孽未消？她竟與公主近在咫尺而不相認，一次又一次，失之交臂。並且，在又一個五月裏，在一場大火中，她永遠地失去了她的小公主。

火燒了整整一夜，將偌大蘇府夷為灰燼，也將竹葉青的百年修煉毀於一旦。

她痛苦地糾纏，扭曲，號叫，在血與火中誕生了新一代的蛇人，也開始了新一輪的尋找。她的女兒，蛇人竹葉青的後代，命中註定，自出生起就在贖罪，在尋找，找到小公主，找到自己的根。

找到她，保全她，從而完成自己——這是竹葉青家族永恆的使命。只有如此，才可以讓竹葉青進化為人。

成人的鑰匙，在雪冰蟬的手中。

她是她們的債主，身外的另一個命。

「原來真正虧欠雪冰蟬的人是你。」蘇慕明白了，「我只是你的一個棋子是嗎？你只是要利用我找到公主，其實我的禍福與否，和你並沒有關係，對不對？」

「沒錯。」

竹葉青背剪雙手，索性清心直說：「我們竹葉青家族尋找公主的下落，已經找了幾生幾世了。公主是在你身邊被失落的，所以也只有著落在你的身上找到她。這就是我的祖先接近蘇慕遮的原因，也是我接近你的原因。只有找到你，再通過你找到她，並且喚醒她所有的回憶，我的任務也就完成了一半了。」

「那一半呢，就是保護她？」

「你現在變得聰明多了。」

「那麼所謂原諒與轉運之類的話，也都是你為了讓我拚命去找雪冰蟬的誘餌了？」

「那倒不是。」

竹葉青辯解：「那些是真話。我並沒有騙過你，只是隱瞞了一部分真相而已。我告訴你只有取得雪冰蟬的原諒才能轉運，的確是為了讓你對找雪冰蟬這件事盡力，但是我沒有說謊，這的確是你受罪的原因，也是你贖罪的唯一途徑。但是只要你找到了雪冰蟬，重新與她相愛，並喚醒她的回憶，你的作用也就完了。至於她最終是不是能夠原諒你，甚至是不是選擇和你在一起，就都與我無關了。」

「以後，你不會再理睬我了，是嗎？」蘇慕倒有一絲悵然。

竹葉青也難得地歎了口氣，很感性地說：「也未必，即使拋開我們祖先的關係，今世的你和我，也還是一場朋友。你知道，我們蛇人的朋友並不多。」

「謝謝抬舉。」蘇慕苦笑，他看著竹葉青，不知道該恨她還是感謝她。

他本來是一個認命的人。

一個人如果肯認命，那麼再糟糕的事情也不會讓他覺得受傷，因為「無欲乃剛」。

他既然採取了放棄的態度，也就隨遇而安，再倒楣，習慣了，也便淡然。是忘情散的故事帶給了他希望，更給他帶來了無盡的痛苦──世上還有比逼著一個人承認自己是萬惡不赦的大惡人更令人不堪忍受的嗎？

而他不僅要逼使自己承認罪惡，還要因為愛上一個天地間最純潔高貴的公主而加倍內疚，恨與愛的雙重夾擊使他痛不欲生，古人說置之死地而後生，他的生路，卻在哪裏呢？

「蘇慕，對不起。」竹葉青竟然這樣說。

蘇慕苦笑：「不管怎麼說，你畢竟讓我認識了雪冰蟬，即使和她只是愛過一分鐘，我這一生，也就值得了。」他忽然想到一件事，「可不可以再幫我一個忙？」

「什麼事？」

「拿水晶球出來。」

「又要水晶球？」

「我想知道一對三彩瓶的來歷。」蘇慕低下頭，「我想再為冰蟬做件事。」

第十三章 訂婚

杭州，西湖畔，晨霧迷茫，細雨如織，蘇堤與白堤在雨霧中遙遙相望。

雪冰蟬踏著滿地落葉淒淒地喊：「公子，等等我，公子——」

風雨如幕，她的公子在哪裏呢？她這樣牽記著他，而他卻毫不留情地拋棄了她。她奔跑著，哭喊著，無比絕望。

——迷園一場豪賭，金鐘輸給了蘇慕遮，將迷園拱手相贈。蘇幕遮覺得禮重不宜受，竟留下雪冰蟬不辭而別。

冰蟬在睡夢中驚醒，本能地感覺到她的公子拋棄了她。不顧風寒露冷，她穿著一襲單薄的紗衣奔跑在晨霧淒迷的西湖畔，追趕著公子的馬蹄。一顆心，卻早已被蹄聲踏碎。

身後傳來清脆的車鈴聲，晨曦中，金鐘親自駕著馬車沿途追了上來：「雪姑娘，上車吧。」

冰蟬停下來，立在車邊，垂淚施禮：「金公子，恕小女子不識抬舉，我必須要找到我家公子。您能不能告訴我，他走了多久？」

「沒有多久，很快會追上。」金鐘仰天長歎，「雪姑娘，我沒想到你竟會如此剛烈忠貞。上車吧，我帶你去追他。」

「謝謝你！」雪冰蟬跪地長謝。

金鐘跳下車，親手扶起她，長歎一聲：

「我金鐘自負見多識廣，可是卻從來沒有見到如姑娘這般豔如桃李冷若冰霜的節烈女子。癡情至此，是蘇兄無眼，也是金鐘無福。如果來生有緣，讓我能夠再遇到姑娘，就是金某精誠所致了！」

雪冰蟬的淚流下來。

她的公子，沒有等她。

他那麼無情地推開她，轉身離去，只留給她一個冰冷的背影。任她在他的身後，淚流成河。

從此，她的世界裏就一直在落雪。

即使坐在冰蟬大廈頂樓豪華的辦公間裏，即使開著那麼足的空調，仍然覺得冷。冷得刺心。

雪冰蟬抱緊自己的雙肩，彷彿看到心碎得四分五裂，落了一地。

「經理，您的神秘早餐。」

佳佳推門進來，看到雪經理泥塑木雕一樣呆坐在大班桌前。

公案堆了一桌子，可是她無心打理。桌子後面的她，憔悴乾枯，度日如年。

佳佳不知道到底發生了什麼事，為什麼素來從容端莊的雪經理最近會這樣失態，一時莫名興奮，一時神不守舍，今天，好像尤其反常。「經理……」佳佳把蛋塔和牛奶放在桌上，欲言又止。

冰蟬抬起頭來，看著她。佳佳又是大吃一驚，這是一雙怎樣的眼睛啊，充滿了痛楚，傷心，和絕望，就好像世界末日來臨了一般。「雪經理……」

「佳佳，」冰蟬看著自己的秘書，喃喃地問，「你知道戀愛的滋味，你知道失戀的滋味嗎？」

佳佳愣住，不知如何回答。這問題太讓她意外了。失戀的滋味？難道，雪經理會失戀？怎麼可能？

然而雪冰蟬已經自問自答：

「你知道什麼叫失戀嗎？我知道。戀愛的痛苦，就像一把刀子扎在心上，可是失戀，是千刀萬剮，刀子拔出來的時候，心已經爛透了，跟著刀子跳了出來，心裏空空的，心沒有了，什麼都沒有了……」

這是一些怎樣的血淋淋的語言，然而雪冰蟬說著這些話的時候，聲音麻木，表情呆滯，就彷彿她的心真的已經被切碎剜除了一樣。她已經沒有感情，也沒有痛苦。

佳佳目瞪口呆，她從來沒有想過泰山崩於前不動聲色的總經理雪冰蟬也會有如此傷心的時候，也會有解決不了的問題。經理失戀，這更是她想也沒想過的事。在她心目中，只有世上千萬男人為了雪冰蟬神思不屬的道理，哪有什麼人可以讓雪冰蟬失戀傷心的呢？是誰？誰這麼大膽，這麼不識好歹，這麼目中無人？她幾乎要憤怒起來。

然而雪冰蟬已經清醒過來，很平靜地問：「還有什麼事嗎？」

「沒有，哦不，有，有。」佳佳語無倫次地翻著時間表，「今天下午三點鐘，秦風園別墅建成禮，有個小型新聞發佈會，會後有慶功酒宴，您答應過要參加的。」

發佈會上，雪冰蟬與鍾來不期而遇，這還是他向她求婚後他們的第一次見面。

鍾來大吃一驚：「冰蟬，出了什麼事？你怎麼會變得這樣憔悴？」

冰蟬黯然地看著他，無言以對。

鍾來心疼地說：「希望不是因為我的原因使你困擾。」

「怎麼會？鍾來，你只會給我帶來喜悅，不會讓我煩惱。」

「那麼，你願意一世和喜悅相伴嗎？」

冰蟬默然了。她明白，這是一個催促。他已經明白地向她求婚，而她也答應考慮，等待是有限度的，她不該讓他等得太久。她要給他怎樣的回答？

鍾來和蘇慕，她必須儘快做出一個明白的抉擇。可是，真的是她在抉擇嗎？她想起那天在城頭，蘇慕那麼輕易地絕決地推開她，毫無留戀，那樣的感情，會是真的嗎？她相信他是愛她，可是他的愛，太虛無縹緲，太難以捉摸。

愛情已經死在大雪裏，她為她的記憶在城頭立了一座碑。

選擇金鐘，也許就是選擇新的開始。

她抬起頭。

她抬頭的瞬間，在她的眼底有什麼東西被改變了，她變成了另一個人，一個成熟的滄桑的女子。

「冰蟬，你還好嗎？」鍾來擔心地問，「不必急著回答我，我會等你的。」

然而冰蟬誠心誠意地說：「鍾來，但願我不會讓你等太久，也不會讓我自己等太久。」

蘇慕遮帶著雪冰蟬來到泰山。

泰山下大大小小的墳塋埋著比鬥失敗的賭徒的骸骨，他們輸了錢，輸了名，輸了命。

他們留在泰山，不肯離去，要眼看著這個帶給他們殺身恥辱的溝澗裏如何迎來更多的失敗冤魂。

風從嗚咽的荒塚間穿過。連風都是怨憤而遲滯的，彷彿推不開那扇通往人間的厚厚的門。

蘇慕遮和雪冰蟬走在墳塋中，指點著那沒有墓碑的塚群，說：「如果我輸了，就會成為這些墳頭中的一個。」

大比將在半年後舉行，所謂知己知彼，百戰不殆。這「彼」不僅指對手，也包括場地。天地人，天是時機，地是地形，人是對手，三者缺一不可。

有經驗的賭徒，多半都會在賭鬥前熟悉地形。

那是蘇慕遮和雪冰蟬的最後一次同遊。也是蘇慕遮一生中唯一的一次提到輸。

雪冰蟬覺得驚心，她說：「不，公子，你永遠不會輸。」

「人在江湖，身不由己。輸贏原無定數，又哪裏有永遠呢？」蘇慕遮負手長歎，「如果我輸了，也會葬在這泰山下，做一隻孤魂野鬼……」

「不，我絕不會讓您孤獨的。」冰蟬堅定地說，「如果真有那一天，冰蟬必相隨地下，仍然侍奉公子，生死不移。」

這是第幾個不眠的夜晚，又是第幾個傷心早晨。

雪冰蟬在鏡中看著自己，曾經，她是多麼快樂自信的一個人，但是現在，滿臉的憔悴，滿眼的傷悲，究竟何為呢？也許，她和蘇慕，真是到了應該結束的時候吧？

況且，他們之間，其實從來沒有過，真正的開始。

所謂生死不移，也只是一個一廂情願的童話罷了。即使她願意生死不移，他卻只堅持一意孤行。

如果和他在一起，愛到深處，會不會又回到前世的痛楚折磨？

他像一道燃燒的火焰，又或者一座插滿利刃的刀山，走近他，就是走近傷害，前世，她為他死去活來，今生，又為他遍體鱗傷。他已經推開了她，她還要繼續追上去，引火自焚嗎？

在還沒有陷落的時候離開吧，從此遠離災難！

佳佳敲門進來，仍然是老對白：「經理，神秘早餐。」

雪冰蟬恍惚地拿起蛋塔，覺得沒有胃口。

「人家說貴在堅持，這可算是領教了。像鍾先生這麼又細心又耐心的有情人，可真難得。」佳佳半是討好半是真心，想方設法逗經理開心，「有錢人送別墅，沒錢人送蛋塔，都一樣珍貴。可是如果有錢人送蛋塔，沒錢人送別墅，就成為奇蹟。」

「一套一套的。」冰蟬再悶也笑出來，「佳佳，做秘書真是委屈你，該開個診所，專治愛情疑難雜症才對。」

看到經理終於笑了，佳佳更加得意：「那我要請鍾先生做名譽顧問，設講座給大家傳授一下蛋塔經驗。」

冰蟬搖頭：「別老是鍾先生鍾先生的，怎麼能斷定就是鍾來送的蛋塔。都說了可能是公關公司的手筆了。」

「那麼，這個呢？」佳佳變戲法一樣地從身後取出一只包裝華麗的錦盒，「這個，也是公關的手段麼？」

「是什麼？」冰蟬好奇地親自打開，猛地驚呆了。

那盒子裏，竟是一對色彩沉著造型樸拙的唐三彩古瓶。她認得這對瓶子！

冰蟬一直有收藏古董花瓶的愛好，前不久，有個古董經紀向她推薦過這對古瓶，她非常喜歡，但是因為對方出價過高，一直在價格拉鋸戰，已經相持了近兩個星期。她幾乎就要投降了，沒想到現在居然不勞而獲。是誰會有如此大的手筆？

佳佳也認了出來：「這不是我陪您看過的那對瓶子嗎？叫價八十萬呢！竟然有人說送就送。可真是太大方了！」

「這也沒留名字？」

「也沒有。是禮品公司代送的。禮單上只寫著瓷瓶。我還以為是普通花瓶，就代您簽收了，要知道是這對寶貝……」佳佳拍著胸口，心有餘悸：

「媽媽呀，剛才我簽了一張價值八十萬的單，要是不小心失手打碎了，賣命也賠不起呀！」

送八十萬的禮物也不留名。這樣的手筆，非富則貴，放眼整個西安，又能有幾個人呢？而那了了的幾個人中，可能給雪冰蟬送禮的，除了鍾來，又會有誰？

到了這一步，冰蟬徹底確定了，只能是鍾來。除了正式向她求婚的鍾來，又怎麼會有第二個大富豪，這樣闊綽地一出手就是八十萬，又不留下姓名？

對方分明是「心照不宣，知名不具」的意思。

當然是鍾來，因為只有鍾來，才會理所應當地認為雪冰蟬一定會知道送禮人是他，所以才會不留名。

一邊，是鍾來真誠的求婚；另一邊，卻是蘇慕絕情的放棄。這樣天差地遠的兩種表現，難道她還要一再遲疑嗎？還要再自尋煩惱地追求前世遙不可及的愛情，而放棄今生唾手可得的幸福嗎？

雪冰蟬對著瓷瓶坐了很久很久，彷彿靈魂出竅一般。佳佳站在她身邊，一聲也不敢出。她知道，每當雪小姐這樣的時候，就是有大事要決定。她靜靜地站著，等待上司的命令。

不知道過了多久，雪冰蟬輕輕地拉開抽屜，取出盒子，打開來，是枚晶光燦爛的鑽戒。

所有女人看到鑽石都會驚叫的，佳佳已經叫出聲來：「好漂亮的戒指呀！有沒有十克拉？」

冰蟬將戒指緩緩地戴進中指，彷彿下了一個極大的決心，終於說：「替我打電話給鍾先生的秘書，預約見面！」

與其沉水求月，不如破鏡尋花。她終於再一次，主動選擇忘記。

蘇慕的心忽然劇烈地疼痛起來，他抬起頭，望著對面的竹葉青，眼神空洞：「她要訂婚了。」他說，「她到底還是答應嫁給金鐘。」

「是鍾來，不是金鐘。」竹葉青沒好氣地提醒，「誰叫你不肯跟她說出真相。」

這段日子，她與蘇慕倒是培養出真感情來，廝混得一如兄弟。兩個人天天結伴飲酒，往往通宵達旦。不過有一條，如果是去城南酒吧，一定是她引路，而且總在黎明未到時就拉蘇慕離開。

醉鄉路穩宜頻到，此外不堪行。蘇慕不是不知道城南酒吧有鬼祟，但是既然做朋友，就得尊重彼此的秘密，竹葉青不輕視他是個背運之人，他又怎麼可以視她為異類。

「阻止她，還來得及。」竹葉青對她，每個字都咬得又慢又重，「去找她。」

隨著樹上的葉子越落越少，竹葉青身上的衣裳越來越多，層層纏裹，把自己包得像只臃腫的粽子，連動作都一併僵硬遲鈍。而且，要依靠藥物來提神，防止自己冬眠。

「希望她們會幸福。」蘇慕喃喃著，彷彿沒有聽見竹葉青的話，只顧自沉吟在自己的記憶裏，「金鐘一直對她念念不忘，這輩子終於可以達成心願，這樣的結局，總比跟著我好。」

泰山會，高手雲集，美人如花。

賭徒多半是浪子。

浪子的去處自然少不了女人。

妖豔的女人，潑辣的女人，幽靜的女人，癡情的女人……男人們賭命，女人們鬥豔。

蘇慕遮於此遇到金鐘。

金鐘帶著他的十二姬妾。

他說：「她們加在一起，也不如一個雪冰蟬。」

他問：「為什麼不見雪姑娘？」

他歎：「我以為會在泰山會上看見她的。」

對於種種問候，蘇慕遮卻只淡淡地答了兩個字：「死了。」

「死？」金鐘呆住了，半晌都沒有再說話，甚至沒有問一句死因。

賭賽的第一天，金鐘一直在喝酒，失魂落魄，比蘇慕遮傷心一百倍。他一生好賭好色，可是現在忽然覺得，天下佳麗，比不過雪冰蟬回眸一笑；而這次轟動天下賭壇和武林的泰山大比，其實毫無意義。

當年他用迷園交換雪冰蟬，不料冰蟬誓死不從，而蘇慕遮也以不喜居江南為由拒絕了迷園相贈。這件事讓他一直耿耿於懷，他是個豪爽的性情中人，認賭服輸，既然以迷園為彩注，輸了就是輸了，輸出去的園子卻又被送回來，真叫他汗顏。

這次泰山會，他知道必會見到蘇幕遮和雪冰蟬，便特意遍請能工巧匠，打造了七七四十九件精緻首飾送給冰蟬；又勞師動眾，千里迢迢地帶了一支車隊，載了九九八十一種好酒來送蘇幕遮。

蘇慕遮一一品嘗，來者不拒，連誇：「好酒，好酒。」

「雪姑娘死了，你還有心喝酒？」金鐘醉眼惺忪地責備，「那樣好的一個女孩子，你竟然沒有好好珍惜？」

「是意外。」蘇慕遮簡單地說，「火災，她被燒死在火場。」

說到火災的時候，蘇慕遮忽然覺得心疼，心底的那顆珠躍躍欲出。他按住胸口，冷冷地說：「金公子，你對我的婢女還真是關心備至。」

「我從沒有把她當成婢女來看。」金鐘正色，「她舉止高貴，氣度非凡，出身絕不會比你我低賤。」

想起往事，蘇慕忍不住感慨：「想不到金鐘倒比你我更早看破雪冰蟬的身世。」

竹葉青也不禁歎息：「她貴為太子之女，卻一生漂泊孤單，沒過過一天平安日子。最後，還為你這個負心人死得不明不白。雖然前朝氣數已盡，可她到底是龍種，被凡人這樣輕慢，天也不容。唉，你罪孽深重，難怪世世代代，要受天譴。」

「所以，今天這樣的結局，也算是大團圓吧。」

蘇慕放棄了，就讓他背運到底吧，只要今世的雪冰蟬可以永遠快樂。他端起杯子，望空一舉：「冰蟬，祝福你，一生恩愛，白頭偕老吧。」

董教授夫人看到報紙，急電把兒子召回家中審問。

「你不是說雪冰蟬是你女朋友嗎？怎麼跟別人訂起婚來了？照片都上了報紙。」

蘇慕搶過報紙，記者的鏡頭搶得不錯，身穿禮服的雪冰蟬美得像天仙下凡，而她身旁的鍾來也是風度翩翩，的確是一對珠聯璧合的金童玉女。

報上說，鍾來的母親特從倫敦趕來參加訂婚禮，但鍾老先生和冰蟬的父母都忙於公事不能脫身，不過保證會在婚禮上露面。鍾老太太且透露，他們已經請了香港最好的婚禮專家來替鍾雪聯姻籌備一次盛大的世紀婚禮，遍請政商兩界要人，並把婚禮同慈善晚會相結合，所有的禮金將用於公益事業。屆時，會有數十位國際名人在婚禮上獻藝，其規模隆重場面豪華將超過有史以來的任何一次民間文藝演出，如有可能，婚禮籌備組還將申報電視台衛星轉播，讓全世界的人為他們祝福。

難怪要先訂婚才結婚這麼麻煩。蘇慕苦笑，有錢人做什麼事都比老百姓瑣碎十倍。慈善演出，衛星轉播，這些事離他是這樣遙遠，連想也不敢想，況且去做。他和雪冰蟬，終究不是同一種人。

老媽仍在嘮叨：「說呀，這到底是怎麼回事？前幾天還信誓旦旦地，說什麼有情飲水飽，一定要把雪冰蟬娶回家呢。現在可好，這娶倒是娶了，娶進人家鍾家去了。」

「鍾氏條件的確比我好嘛。」蘇慕只得苦笑著打哈哈，「要是嫁給我，會有這麼大的婚禮？還慈善演出呢，慈善籌款就差不多。」

「也是，我就說嘛，齊大非偶。太富貴的兒媳婦，到底走不進窮家來。」母親轉舵得快，立刻又心疼起兒子來，「別傷心，走了雪冰蟬，還有後來人，憑我兒子的條件，不怕找不到更好的。」

「蘇慕，你對古代博奕有研究，來來來，」董教授走過來，「你看看這篇《評李清照〈打馬圖經〉》，這裏說李清照對打馬的評價極高，甚至把打馬圖上的爭競和當時的抗金戰爭聯繫到了一起，有句『誰能致千里，但願將相過淮水』，文章的作者認為李清照言之過譽，你怎麼看？」

蘇慕笑：「世人都知道李清照是一代詞人，卻不知道她也是一位賭博高手，曾自稱『予性喜博，凡所謂博者，皆耽之晝夜，每忘寢食』……」三言兩語，把話題岔開去。

第十四章

永不原諒

花。這是一片花的海洋。

梳粧檯上的花瓶裏插著玫瑰與百合，屋子的每個角落都擺放著大束盛開的天堂鳥，連臥室的浴缸水中也漂浮著五彩繽紛的花瓣。

剛剛出浴的雪冰蟬端坐鏡前，美若天仙，然而，她的眼中，始終帶著一抹恍惚。

今天，就是她出嫁的日子，門外已經架滿攝影機，擠滿了賓客和記者，只等著她妝罷亮相，一睹芳華。她的婚禮，將由衛星現場轉播，受萬眾矚目，世人共慶。

竹葉青侍奉身後，正在替她點上印度人象徵祝福的朱砂，一邊輕輕地哼著歌兒。

雪冰蟬忽然覺得此情此景似曾相識，她回頭問：「竹葉青，你這花瓣浴的方子是祖傳的麼？」

竹葉青一愣，已經猜出了冰蟬的心思，一時心中栗栗，臉上陰晴不定。

冰蟬看著她：「你還瞞過我什麼？」

「沒有。」

竹葉青急急分辯：「只要公主想知道的，竹葉青絕不敢隱瞞。」

「為什麼我會覺得這花瓣浴的味道很熟悉？是不是我在前世使用過？可是怎麼我會一點印象也沒有呢？還有什麼事是我沒有完全想起來的？」

冰蟬一連串地問著，竹葉青的臉色越來越難看。她遲疑：「公主，不要問。」

「為什麼？」

「如果你問，我一定會說；可是，最好你不要知道，對你沒好處。」

「說吧。」雪冰蟬擋開竹葉青替自己點朱砂的手，半是命令半是懇求，「我想知道。」

「是蘇慕遮。」

竹葉青無奈地說：「我把藥方給過蘇慕遮，他在你變成『武媒』後一直替你洗花瓣浴，維持你的生命。當時你已經無知無覺，所以今世也沒有留下記憶……」

「蘇慕遮？」雪冰蟬霍然站起。自己與前世的蘇慕遮之間，不僅僅有恨，有辜負，有背棄，也還有憐惜呵護，親密無間。在她失去知覺之後，他利用她，也維護她，他替她洗浴，照顧她飲食起居，他們之間的恩怨，千絲萬縷，豈是外人所可以了解？

「公主，今天是你大喜的日子，全世界都在觀望，從這道門一走出去，鎂光燈會比閃電還明亮，眾人驚豔的眼光會淹沒你。明星們和兩岸政要都已經在宴會現場就位，只等你到了舞台上，在全世界的觀注下和鍾來交換了戒指，一場最特殊的大型慈善演出就會隆重舉行。禮金和門票將全部用於捐助失學兒童，這是一場不世出的盛舉，也是義舉。再多的恩怨也了了，再多的罪業也滿了。」

「公主，只要你穿上這身禮服，走出去，接受萬眾歡呼祝福，你就是做了一件最大的善事，造福萬民，有那麼多需要幫助的人在等著你呀，公主，你不可以再回頭了……」竹葉青苦口婆心，幾乎落淚。

雪冰蟬走到門前的腳步停了下來，現在不是任性的時候，不是追究真相的時候，她，就要做金鐘，哦不，鍾來的新娘，她必須忘記蘇慕。無論是前世的蘇慕遮，還是今世的蘇慕，都將與她形同陌路，永無瓜葛。

她轉過身，皎潔的臉上有一滴淚，她說：「竹葉青，替我更衣吧。」

花瓣鋪滿了黃楊木的浴盆，蘇慕遮在替雪冰蟬梳頭。

冰蟬的頭髮很長，很厚，因為主人的無知無覺，頭髮彷彿有了獨立的生命。三千青絲如情思，纏綿於蘇慕遮的手中，依戀而無言。

木樨清芬，梅蕊寒香，再加一點點蜂蜜和一點點鹽，這是竹葉青寫給蘇慕遮的藥浴方子，她說只有這樣，才可以保證雪冰蟬的生存，使她繼續為他所用，做他練功的媒介。她沒有告訴蘇慕遮的是，這其實也是她自己的洗浴秘方，用以去除蛇腥氣。

簾幕四垂，蘇幕遮扶起新浴的雪冰蟬，焚香靜坐，與她手心相抵，運轉周天功力，聯珠合璧，功力日益進境。

她是他的獨家法寶，秘不外宣。他從不許除了自己之外的第二個人看到現在的雪冰蟬，現在的雪冰蟬，才是完完整整真真正正地徹底屬於他了。

在這種屬於中，利用中，一種奇怪的感情產生了，他對她，開始有了一種異樣的感覺——以往，都是她在服侍他，為他準備洗澡水，給他梳辮子，洗衣裳。現在，變成他為她來做這一切事了。

每天早晨，他為她餵食花蜜，梳妝清理；晚上，又替她疊被鋪床，抵足而眠。風朝雨夕，要幫她遮陽避雨；花前月下，又帶她外出散步，呼吸新鮮空氣。靜翠湖，是他們最常去的地方，不論是她「生前」，還是「睡後」。

他抱著她，握著她的雙手，靜靜地坐在湖邊，呼吸著一樣的空氣，是休息，也是運功。只要他們在一起，雙手交握，交流就無時無刻不在進行中。

無微不至地照顧一個女子是怎麼一回事，他現在知道了。有時，他會忽然想，如果她有一天醒過來，看到自己躺在他的懷中，她會怎樣呢？

然而，今生今世，她是再也不會醒來了。

換了婚紗的雪冰蟬站在鏡子前顧影自憐，風華絕代。

秘書佳佳敲門進來：「雪經理，該出發了。」她看著自己的頂頭上司，由衷讚歎，「太美了！我是不是做夢，看到天女了？」

冰蟬微笑：「小丫頭，油嘴滑舌。」

轉身之際，碩大的裙擺掃到了博古架，那對價值八十萬的三彩瓶自架上跌落下來，摔得粉碎，將冰蟬和竹葉青驚得一齊呆住，半晌無語。

佳佳心疼地叫起來：「八十萬呀，就這麼碎了，真不吉利！」

竹葉青忙忙安慰：「沒關係，才三百塊錢罷了，不值什麼……」話方出口，已經意識到不妥，忙忙閉嘴，顧左右而言他，「還等什麼，我們出去吧。」

然而冰蟬已經抓住了她話中的把柄：「你說什麼？」

「沒有，沒有什麼。」竹葉青的臉又發白了。

「還有什麼瞞著我？」冰蟬逼近一步，「你說過不會騙我的。關於這只三彩瓶，你都知道什麼？」

「這只三彩瓶，是假的。」竹葉青廢然說，「它是贗品。是蘇慕求我和他一起替你淘來的。」

「是蘇慕？」冰蟬呆立當地，又是蘇慕。她一直以為是鍾來的，只為，她認為蘇慕不可能有那種實力，買得起八十萬的三彩瓶送給她。卻原來，這只是一對贗品。但是，蘇慕又是怎麼知道的呢？

蘇慕遮得到了天下第一的稱號，天下也就成了他的，但，只限於賭的時刻。

對天下第一的賭客而言，整個天下就是一座大賭場。

他從東嶽泰山進場，在南嶽衡山買籌碼，中嶽嵩山下注，西嶽華山兌現銀，然後從北嶽恒山出場。

然而一旦離場，整個天下便都拋棄了他。他發現，竟沒有一個可以回去的地方。

其他的賭徒，無論輸贏，離場之後就該回家了。

他呢？他回去哪裏？靜翠湖嗎？

只有離去再歸來，才知道靜翠湖曾經是天堂。

但是天使已經離去了，留下天堂又有什麼意義呢？

靜翠湖上，依然是秋色連波，波上寒煙翠，可是沒有了雪冰蟬，沒有了琴聲和錦袍，沒有了默默的跟隨，關注，順從與忠貞。

蘇慕遮終於覺得寂寞了。

原來寂寞就是得到而後失去。

他徘徊在靜翠湖邊，看著山映斜陽天接水，芳草無情，更在斜陽外。如果此時可以看到雪冰蟬白衣如雲，輕舟如葉，自那連天碧葉間搖槳而來，那麼，什麼樣的代價不可以付出呢？

雪冰蟬，世上只有一個雪冰蟬，而他失去了她。

一生中唯一的一次，他覺得黯然，覺得傷感，覺得留戀，和不能承受的寂寞。

而就在這種時刻，他的仇家尋來了，他說他是倪二——那個在泰山被蘇慕遮擊破了鼓的所謂鼓王的後人，他說他要替父報仇，他還說，是他點燃了那場燒死雪冰蟬的大火。

蘇慕遮覺得憤怒，卻毫不動怒，只簡單地命令：「出劍！」

他命令仇家出劍，口氣如同主子命令僕人，甚至不肯傾聽一下那個僕人為什麼要殺他。別人的滔天仇恨，於他只是一次視同兒戲的賭賽，生命如同塵芥。

他的輕蔑激起了殺手新的仇恨，那一場惡戰，從天昏打到地暗，從風日晴和打到飛沙走石，從靜翠湖打到問鼎樓，再從問鼎樓打回到靜翠湖邊。

大雨傾盆，電閃雷鳴，驀地一道閃光劃破夜空，自那虬結的閃電間，他彷彿看到，雪冰蟬皎潔如月的容顏。

她雙眉微蹙，輕輕說：「花開在枝頭上，但是落在爛泥裏。富貴榮華，究竟有何意義呢？」

她的聲音婉轉溫柔，令他落淚。他停了劍，傾聽那雷聲，彷彿聽到冰蟬對他說話。閃電照在他的臉上，化成一個千古的定格。他有剎那的失神，在一瞬間忘記所有的塵囂，甚至忘記，那劈向自己的利劍。

仇家更不遲疑，抓住這千載難逢的時機，一劍劈下，將靜若雕塑的蘇慕遮，自頂至踵，劈成兩半……

蘇慕坐在茶樓上，忽然失手打翻了茶杯，瓷片劃破他的手腕，一片血跡淋漓，觸目驚心。

茶博士忙忙跑過來：「哎呀，不好意思，先生，要不要紅藥水？」

「不必。」蘇慕捂著心口，強忍疼痛說，「是我自己不小心。」

對於心上的傷來說，手腕的血算得了什麼呢？

千百年前，仇家一劍將他劈成兩半，從此，他就不再是一個完整的人。蘇府的一場大火令雪冰蟬化蝶歸去，而他自己，也身首異處，得到了報應。

現在，幾世滄桑，雪冰蟬終於找到她的幸福了，今天，就是她結婚的日子，從此侯門深似海，蘇郎對面成路人。他和雪冰蟬，枉然經歷了那麼久的尋覓與牽掛，卻仍在今世擦肩而過，永不再見。

永不再見。

手捧玫瑰花球，雪冰蟬逼近竹葉青：「蘇慕還做過些什麼？你到底都瞞了我多少？告訴我！」

「他為你，的確做了很多。」竹葉青低下頭，豁出去，瞞無可瞞，也只有把她所知道的一切托盤而出：

「蘇慕一直在悄悄關注你。他知道你看上了這對三彩瓶，就求我查一下它們的來歷。其實，這不是真正的古董，只是前幾年開發樂游原，造假專家趁機從青龍寺取土，然後以仿古工藝燒製了這對三彩瓶，再埋到地下，去盡火氣，等上兩三年再挖出來，就成了古董。因為它們用的是真正的舊土，就算用C十二高科技檢測，也無法判斷真偽。但是我用水晶球一照，就可以看到它們造假的全過程。所以，我陪蘇慕找到他們，只要說出他們何時在何地取土，就把他們嚇得屁滾尿流了，不費多少唇舌，就用三百塊把這對瓶子買了下來。」

「是這樣……」雪冰蟬喃喃著，許多的細節雜遝而至，湧上心頭，「那麼，早餐蛋塔也是蘇慕送的了。」

「是他。不僅蛋塔，還有很多事，都是蘇慕替你做的，包括幫你修車，修樓道裏的燈，有一次，你收購一片地，有釘子戶不願搬家，你為了這件事很煩，也是蘇慕和我一起上門去勸，我給他們算了一卦，說出他們家上溯三代的歷史，讓他們對我心服口服，然後再說住在這裏對他家風水不好，發展不利，於是他們就痛痛快快地答應搬了。還有一次……」

「蘇慕，蘇慕……」隨著竹葉青的講述，冰蟬淚流滿面。還有什麼樣的愛可以與此相比擬？有一個人，一直默默地關注她，照顧她，為她奉獻自己所有的愛與心力，卻不要她回報，甚至不讓她知道。如果這樣的愛還不能使她心動，那麼，她就是世界上最大的傻瓜！

竹葉青攔在門邊：「公主，你去哪裏？」

「公主？」佳佳驚奇地重複，「你叫她公主？」

「公主！」竹葉青不顧一切地抓住雪冰蟬的手，「聽我一句話，不要去找蘇慕！金鐘在外面等著你，你們就要行婚禮了！」

「金鐘？」佳佳更加糊塗，「你們到底在說什麼？」

「你難道不記得，你是怎麼死的了麼？」竹葉青已經口不擇言，「你忘了那場滅頂之災的大火嗎？」

「火？滅頂之災？」佳佳幾乎暈了。

雪冰蟬站住，忽然莞爾一笑，燦若星辰：「愛情，豈非本來就是飛蛾撲火？」

「經理，說得太棒了！」佳佳沒心沒肺地讚歎。

竹葉青焦急地：「可是婚禮……」

「婚禮取消了！」雪冰蟬宣佈。

這次，佳佳和竹葉青一齊叫起來：「什麼？」

「我說，婚禮取消！」雪冰蟬拋下手中的花束，「我不會嫁給任何人，我是蘇慕的！」

西湖邊，雪冰蟬對著金鐘斂衽行禮：

「金公子，冰蟬感謝公子抬愛，但我是我家公子的，我將一生一世追隨他，永不易主。」

「即使他不在乎你？」金鐘問，「即使他親口答應把你讓給我，即使他連招呼也不打一個就離你而去，你也仍要追隨他？」

「是的。」

「如果你追不到他呢？」

「我會一直找一直找，總會找到他。」

「為什麼這麼傻？」金鐘跳下車，親手扶起雪冰蟬，「雪姑娘桃李姿容，冰雪精神，如果金某有這個福份與姑娘相伴，我答應你，會待你如上賓，永不相負。」

「小女子無福。」冰蟬不為所動，「我只是我家公子身邊的一個婢女，自從他在灞河邊贏了我，又許我以自由，我就是我家公子的了。金公子，冰蟬別過了。」

「上車吧，我帶你去追他。」金鐘黯然歎息，「四個輪子的馬車，總比兩條腿的人跑得快。」

「不。」雪冰蟬竟然拒絕，「如果我家公子見到公子，必然又會將我相贈。我必須自己去追他。」

金鐘忍不住又一次長歎，這個纖弱如花堅韌如鐵的小女子，竟然一絲後路也不留給自己，更是一絲希望也不留給別人。她的堅貞與高貴，可昭日月，可鑒天地。

「那麼，騎上這匹馬去追吧。」他親自從轅上卸下一匹最強壯的良駒，「騎上牠，你一定會追上你家公子的。」

「冰蟬謝過公子。」雪冰蟬跳上馬背，猛抽一鞭，絕塵而去……

冰蟬飛車奔在路上，她已經打電話給蘇慕，知道他在茶樓。她就要趕去見他，告訴他：她已經決定了，和他在一起，無論經歷什麼苦難險阻，決不後悔。

前世的她，曾經無怨無悔地愛著蘇慕遮；今世的她，仍然會做同樣的抉擇。她要讓他知道，不計代價的愛情，在今世依然存在。

那場雪並沒有埋藏她的愛情，只是凍僵了，冬眠了。一旦驚蟄，是比任何時候都更熾熱，更生機勃勃的。

原諒他！寬恕他！接受他！她這就要去告訴他！

想像不出，當他千辛萬苦地等待了這麼久，掙扎了這麼多，聽到她這個最後的承諾該是多麼開心啊。他一定會高興得跳起來的，會抱起她轉好幾個圈兒，會大喊大叫鬧得整個茶樓的人都大吃一驚，說不定他會像電影裏常演的那樣，請整個茶樓的人喝茶。唉，可惜是茶樓，如果是酒樓就好了，那麼，他就可以請人喝酒了，那樣多帶勁啊！

雪冰蟬想得笑出聲來，就在這時，她恍惚聽到身後似乎有誰叫了她一聲，驀然回頭，便聽到車輪鏟地的「吱嘎」的刺耳的聲音，接著，她整個人便平平地飛了出去，飛在半空的時候，她在心裏說，壞了，不能去見蘇慕了，然後眼前一黑，胸腔一陣劇烈的疼痛，便什麼都不知道了……

蘇慕坐在茶樓樓上，忽然聽到樓下傳來刺耳的車輪擦地聲，他從窗口望出去，看到整條街的人都一窩蜂地向街中心湧過去，恍惚有人喊：

「壓死人了，好漂亮的一個女孩，可惜了。」

「她還穿著婚紗，太奇怪了！」

「真是婚紗呀，怎麼會穿著婚紗一個人往外跑？是新郎和新娘吵架了吧？這年頭，逃跑新娘很時髦啊。」

蘇慕推開窗子，中午的陽光白花花地照射下來，映得一時睜不開眼，耳邊依然是錯雜的吵嚷聲，剎車聲，警笛聲，匯成一片。

蘇慕心頭忽然掠過一陣刺痛，他對自己說：冰嬋死了，雪冰嬋死了，那躺在車輪底下的人，是他親愛的冰嬋。

她還沒有原諒他，帶著對他的遺憾和怨恨，就這樣悲傷地死去了……

第十五章

蛇足

雪冰蟬並沒有死。

車禍後，她被送進了急診室，雖然保全了生命，但因為腦部受創，而陷於昏迷，變成了一具植物人。

歷史重演了，癡情的雪冰蟬再一次為愛獻身，失去了所有的感覺和思想。

蘇慕和鍾來守在她的床邊，這是蘇慕遮與金鐘在今世的第一次碰面，不同的是，蘇慕清澈地看到了前世今生，而鍾來卻蒙在鼓裏，只忠於他現實的感情。

「冰蟬就是為了你而放棄與我的婚禮？」鍾來看著蘇慕，雖是仇人見面，卻已經顧不得仇恨。仍在昏迷中的雪冰蟬令他流盡了淚，只覺心力俱疲。

竹葉青站在他們面前：「我有辦法救活雪冰蟬。」她說，「只要進行一次全身換血，她就可以醒來，但是那個與她換血的人，卻可能永不醒來。」

「一派胡言！」鍾來拂袖而起，指責竹葉青，「我不知道你到底是什麼人，冰蟬又怎麼會有你這樣的朋友。但是，你說的話，我一句也不相信。」

「不信，就不試一下嗎？」竹葉青凝視他，「這是我們古老印度的一種魔方，即使只有萬分之一的成功可能，你要不要試一試？」

「要。」回答的人是蘇慕，他注視著竹葉青，彷彿在絕望中看到一線希望，「我信！讓我來！我換血給她！告訴我，怎麼做？」

「你要把全身的血都換給她，救活她之後，你很可能會死。」竹葉青歎息，「這個方法，一直流傳在我們的家族傳說中，可是沒有人試過。所以，我不能保證這換血會成功。」

「即使只有萬分之一的成功可能，我也要試一下。」蘇慕堅定地說。

「身臨危險也不怕？」

「為了冰蟬，即使千刀萬剮，我也不會遲疑的。」

「都是瘋子！」鍾來喃喃，只覺他看到的一切都匪夷所思，簡直懷疑自己進入了一個魔方世界。

他不知道，這是一道輪迴，此刻的他和蘇慕遮，好比兩個孤獨的靈魂，踏上黃泉路，走過奈何橋，登上望鄉樓，同時公平地捧起一碗孟婆湯，跳與不跳，飲與不飲，都只在一念之間。

前世的蘇慕遮，曾經誘惑雪冰蟬為他喝下忘情散，現在，是他償還的時候；前世的金鐘，曾許諾要在來世與冰蟬重逢，結為同心，今次，他可能完成心願？

竹葉青伸手一抓，不知從哪裏取了一條蛇出來，催促著：「你們誰願為她換血，就把這條蛇吞下去。讓牠吸盡你們的血，然後替雪冰蟬換血。」

「我來！」蘇慕毫不遲疑地回答。

而鍾來，站起來轉身離去。那條蛇讓他作嘔，一分鐘也無法再忍耐。他對自己說，這不是對情不忠，剛才在婚禮上，雪冰蟬拋棄他在先，令他在所有來賓面前丟臉，現在，他不過是還以顏色。

竹葉青歎息：「前世，他苦苦追求，但是雪冰蟬拒絕了他；今世，卻是他主動放棄，與人無尤。」她轉向蘇慕，「救雪冰蟬的藥，就在你的心中。」

「我的心中？」蘇慕忽然明白過來，「是那顆珠！」

「是那顆珠。」竹葉青贊許地點頭，「你的心，由雪冰蟬的眼淚化成，現在，是你歸還她的時候了。」

許多許多年前，狐狸精轉世的蘇妲己媚惑紂王，向比干討要一顆心做藥引，比干剖心獻帝，疾出午外，遇菜農叫賣無心菜。

比干問：「菜無心可活否？」農婦答：「可活，無心菜是也。」比干再問：「人無心可活否？」菜農答：「不可。」比干死。

比干心有九竅，而不能無心獨活。蘇慕只有一顆心，現在他要把它獻給雪冰蟬，那麼，失了心的蘇慕，還可以再活下去嗎？

蘇慕閉上眼睛，任那條蛇在自己的頸上遊動，對準他的喉嚨，倏地齧下……

眼看蘇慕緩緩倒下去，竹葉青卻忽然甜甜地笑了，笑靨如花。同時，她的眼中，有了淚。

人的眼淚是解毒，蛇的眼淚是劇毒。

竹葉青自成人禮就離不開鮮血與背叛。

這是蛇人家族的命運。

每一代的竹葉青的母親，在生產的晚上像閃電一樣地糾結痛楚，然後分娩出繼續使命的下一代。

下一代重複著她們的尋找與懲罰，用新的鮮血清洗罪孽。

看不見戰場，不聞殺聲，可是殺戮在悄無聲息中進行著，深埋在蛇人的血液裏，一脈相承。

今天，終於是結束輪迴的時候了。

她走過去，輕拍雪冰蟬的臉頰說：「醒來，醒來。」

隨著她的呼喚，雪冰蟬慢慢睜開了眼睛，彷彿從一個遙遠的夢裏醒來，她的第一句話是：「公子在哪裏？」

「在你身邊。」竹葉青微笑，「你們終於通過了生命的考驗，可以再在一起。」

冰蟬看到了倒在她身邊的蘇慕，驚叫起來：「他怎麼了？」

「他睡著了。」

竹葉青說：「滄海桑田，只在瞬間。天堂地獄，也只是一念。你為他睡了那麼久，他也總要小小意思一下吧。放心，他很快就會醒過來，不過，他可能會忘記很多事，你們的愛情，可以重新開始。這一夢，已經把你們一世的滄桑都歷完了，你們的劫數終於滿了。該還的債，已經還清；該睡的覺，也都睡足。我的任務也終於完成，等他醒過來，我也就成人了。」

一條蛇從蘇慕的鼻孔中蜿蜒地遊行出來，蘇慕隨之甦醒，他按住自己的胸口，覺得那裏空空蕩蕩的。他望著那條蛇，問：「這是什麼？」

冰蟬笑著看他：「這是一個故事，我會慢慢告訴你。」

然而竹葉青在這時候叫起來：「好醜陋的東西，牠怎麼會在這兒？」

冰蟬驚訝：「這是蛇呀，是你的法寶，你不認識了？」

「我從來沒有見過這麼可怕的東西！」竹葉青皺眉，嬌怯地轉過臉，她拿腔拿調作張作致的舉止，同街上任何一個愛嬌的少女完全沒有兩樣。

冰蟬發現，她的原本一藍一綠的雙眼，已經變成了正常的黑色，她知道，竹葉青，已經不再是一條蛇了⋯

西嶺雪 作品

女人都不是天使

世上人，無非嫖客與妓女。我姥姥說的。
她說弄明白了這一點，才好做人，不然總是處處碰壁。
我就是在碰了壁之後才明白的。
明白了，卻依然不肯信。總有例外吧？總會有的。

〔搶先試閱〕敬請期待

在雪地上行走的人看不見自己的腳印是很惶恐的。

不敢回頭，卻頻頻回頭，心中的恐懼在積壓，膨脹，終至撕裂，想號叫，喉嚨被掐住了，聲音窒息扭曲至不可聞，猶豫著是不是要停下，卻終於忍不住狂奔，哪怕前面是萬丈懸崖，也寧可縱身而下，在毀滅中享受尖銳的痛感，於死亡裏體味真實。

然而沒有，奔跑的方向只是奔跑本身，雪野無邊無際。

每一步，都踏不到實處……

我只不過想毀滅。

人生已經沒什麼可追求可期待的了，奇蹟永不屬於我。

我只不過想毀滅。

昨夜，那個女人又來了，大紅緞襖，高綰雙髻，很古怪的妝扮。喃喃地詛咒著。

其實我從沒有見過她，不過，我知道她是誰。

她的面目模糊不清，有血從眼耳口鼻緩緩地流出，腥紅黏稠，漸漸瀰漫開來。

她的聲音，那惡毒的血腥的詛咒，敲擊著我的耳膜，在雪野裏追著我奔跑。在她的詛咒聲中，漫天的大雪都變得腥紅，如血。

為此我將音響開至最大，希望蓋過她的聲音。

「Sunday is Gloomy，My hours are slumberless。」

我聽的歌叫做《黑色星期天》。一首關於死亡的歌，我的至愛。

幽靈的聲音。從地底掙扎著傾訴，又似呼喚，求著，找人與她同行。

傳說裏找替身的水鬼，如果會唱歌，便是這樣。

我抱著膝聽著，坐在V8包廂的角落裏，抽著煙，倚著音箱。聲音先到達我的背，然後才是耳朵。

先感到，後聽到。身心的雙重震顫。

煙頭在黑暗中閃爍。

星微的光亮。因為那一點點的光而使黑暗愈發深沉。

也只不過是夜裏八九點鐘吧，室外應該是燈火通明的。但是時間在這裏是靜止的，密封的包間，只有門沒有窗，四周還要拉上深紫色落地厚絲絨簾子，既為裝飾也為隔音。

我像一隻蛹樣被裹在深紫色的厚絲絨的繭裏。《黑色星期天》唱得再哀傷也不會打擾別人的情緒。

V8靠近走廊最深處，最小，也最潮濕。黑暗中坐在地毯上聽音樂，總覺得四周有無名菌類在默默滋長，而另外一些生命在枯萎、腐爛。除非客滿，否則很少會有客人點這一間。

如果有事，服務員會知道到這裏來找我。不唱歌也沒有客人請的時候，我總是在這兒的，吸煙，聽音樂。偶爾也會罵人。

在「夜天使俱樂部」裏，我表面上是歌手，暗地裏則是不加冕的副經理，老闆高生身邊的紅人兒，操生殺大權。

連經理秦小姐也要畏我三分。

「夜天使」，夜裏的天使，以燈光和音樂做翅膀，舞在醉生夢死的嫖客的笑影裏。

世上人，無非嫖客與妓女。我姥姥說的。
她說弄明白了這一點，才好做人，不然總是處處碰壁。
我就是在碰了壁之後才明白的。
明白了，卻依然不肯信。總有例外吧？總會有的。

曾經以為高生是個意外，無關財色。

我生日那天，他從香港航運來刻著莊子《秋水》全文的巨幅玉石屏風。「秋水時至，百川灌河，涇流之大，兩岸渚崖之間，不辨牛馬。於是焉河伯渙然自喜，以天下之美，為盡在己，順流而東行，至於北海，東面而視，不見水端。於是焉河伯始旋其面目，望洋向若而歎：野語有之曰，聞道百，以為莫己若者。我之謂也！……」

我很開心，拚命地張開雙臂去擁抱畫屏，閉著眼睛大聲背誦：「且夫我嘗聞少仲尼之聞，而輕伯夷之義者，始吾弗信，今我睹子之難窮也，至於子之門，則殆矣！吾長笑於大方之家……」

高生問：「每個人都有物欲，有些人集郵，有些人集火柴貼花，有些人攢錢，有些人收藏美酒或老爺車……但是你，你的嗜好是搜集各種版本的《莊子》，為什麼？」

我不答，只抱著屏風搖頭晃腦：「北海若曰：井鼃不可以語海者，拘於虛也；夏蟲不可以語冰者，篤於時也；曲士不可以語道者，束於教也……」

他不放過我，仍然追問：「有人說通常執著於物欲的人，是因為對生活沒把握，所以才渴望擁有，借實在的東西來安慰自己。你呢？你為什麼這樣喜歡莊子？」

我仍然笑著，閉著眼睛接下去，「高生不可以語莊子者，吝於情也。」

他笑起來，忽然將我高高舉起，恐嚇：「你不說，不說我就把你從樓上拋下去。」

是百花樓。

聽起來像個妓院的名字，位於廣東梅州郊區的百合花園。

百合花園別墅區，每一幢都有一個很好聽的惹人遐思的名字，百草堂，百鳥軒，百尺閣，百步亭，百色坊……我們這一幢，叫百花樓。

對物的擁有是生命最真實的痕跡。無論是別墅，還是莊子，都只是一種佔有。

我佔有莊子畫屏，高生佔有我，我們佔有百花樓。百花樓上，莊子屏前，醉在龍飛鳳舞潑墨如畫的《秋水》裏，我以為高生是與眾不同的，至少他對我用了心。

是在那夜委身於他，自以為並不是賣。

但是後來知道，一切仍然是場看起來挺美的交易，交易終究是交易。

V8的門輕輕響了一下，Shelly走進來，通知我演唱的時間到了。

我盯視她，心裏猶豫著要不要找個藉口刁難。

但是在我還沒有拿定主意的時候，她已經轉身走了。

我有些悻悻然，撚滅煙，在手袋裏取出鏡子來做最後一次補妝。

Shelly是我在俱樂部裏唯一的對手。我一直想降服她，讓她像其他人那樣對我小心翼翼，隨便她在背後怎樣罵我都不要緊，但是當著面，她需要對我畢恭畢敬，俯首稱臣。

可是不行，無論在任何人面前，經理、老闆、客人、或者我，她都是這付不卑不亢的樣子，像個貴族。

呸，扮高貴，何必來這種聲色場所打工？不過是一個小小的經理助理而已，就是經理也對我謙恭有加，她憑什麼可以永遠這樣從容不迫？

走出V8，領班阿容立刻滿面笑容地迎上來，甜甜地叫一聲「Wenny」，話音未落，笑影兒已沒了。

就衝這一點，我猜她早已過了二十三歲。

可是她賭天誓日地說自己只有十八。十八？鬼才信。這裏的女孩子，各個都說自己只有十八歲，但是眼角的魚尾巴沾水都能游了，不化妝像主婦，化了妝像怨婦，就是怎麼看都不像少女。

很多人想盡辦法除皺去斑，可是，有沒有一種護眼霜可以抹上去讓眼中滄桑盡去，清純無邪？

睜著一雙厭倦渴睡的眼，就算把臉上的粉抹得再厚也蓋不住那股風塵味兒。

在駐顏有術這一條上，沒有人可以比得過我們雲家的女兒。

代代都是不老的妖精。

姥姥算年齡怎麼也有七十了，可是看起來只像五十多；媽媽該有五十了，可是說她三十歲也有人信；而我，連我自己都快說不準自己的年齡，因為媽媽從來不肯承認真實年齡，連帶我的年齡也一改再改，如今，我對外聲稱自己十九歲。十九歲的臉，廿九歲的身體，三十九歲的靈魂和心。

阿容衝我鬼鬼祟祟地笑，很親密的樣子：「Wenny，上了台，別忘了注意一下T2穿深色西裝的男人。」

「怎麼？」

「那是吳先生，他已經來了三個晚上了，是大主顧。」

「梅州會有什麼大主顧？左不過哪家酒店經理罷了。」

「正是大世界假日酒店的，不過不是經理，是董事長，香港人，梅州是他祖籍，像大世界這樣的酒店他在全世界有至少十幾個，是真正富翁。他每次給公關的小費都三四百，光是猜猜拳喝喝酒，連包間都沒進過。」

「沒進包間就給三百塊小費？」我微微上心，這樣子才是真大方了，「他都點過哪幾個小姐？」

「從沒點過，都是秦小姐安排給他的，安排誰就是誰，他不挑不撿，見誰都散鈔票，整個一散財童子。那幾個公關為了爭他都快打起來了。」阿容的聲音裏充滿妒意，恨不得立時三刻就脫下工裝去做公關，可以賺那三百元小費。

「Wenny，要我說，你把那個吳先生搶過來算了，只要你一出面，那些公關小姐算什麼，吳先生瞄都不會瞄她們一眼，看她們再輕狂？」

我笑了。在俱樂部裏，表面上雖然等級森嚴，總經理、經理、經理助理、總管、主管、領班、服務員和公關小姐、打雜的小弟小妹，一層層分工明確，秩序景然，但是說到底，是誰最能拉攏客人最有本事，賺到錢聲音才大，所以阿容雖然是領班，對比她低半級的紅小姐卻是只有瞪眼吃乾醋的份兒，看不得別人賺小費，自己又沒本事，便巴不得一拍兩散，出動我去收一收那起小姐們的威風，大家別得意。

梅州的款爺不少，真正的富翁卻不多。但是富翁不等於「凱子」，能不能釣上他，要憑技巧。

我有一點點技癢。

阿容察言觀色，打蛇隨棍上：「剛才那吳先生特意下單子點歌，說很喜歡你唱的《黑色星期天》，請你多唱兩遍。」

「沒問題。」

今天如此絕望

我的時間從此無邊無際
我愛，我沉睡在黑暗的底層
白色的小花不能喚醒你
悲傷的黑色靈車哦，它們引你去哪裏
天使們不肯將我還給你
如果我想要參加你，他們會生氣嗎
絕望的星期天

《黑色的星期天》，我自己譯的歌詞。

這是一首死者唱給生者的歌。每當唱起它，我的身心就完全沉浸在音樂的淒涼無奈中，不能自已。我的靈魂出竅，追隨著白色小花黑色靈車駛遠，紅塵中的一切將不能再誘惑我，羈縻我，摧毀我。

我知道我唱歌的時候是最美的，尤其全情投入時，「會有一種遺世獨立的聖潔感」。這是我的研究生導師何教授告訴我的。哦，何教授……

今天如此絕望　我消失在暗影中

我和我的心都已經決定面對結束
鮮花和祈禱文如此悲傷
我明白，讓他們不要哭泣吧
讓他們看到我微笑著離去
死亡不是夢，我在死亡裏愛撫你
我的靈魂祝福你直到最後一次呼吸
絕望的星期天

英文唱完唱中文。一曲唱罷，沒有人鼓掌。

我非常滿意。在燈紅酒綠的夜總會裏，掌聲和口哨都不代表什麼，脫衣舞女郎站上台不必表演也會有吁聲。沉默的聆聽才是最好的讚美。

他們全被我感動了。

只有這一刻我是活著的，是他們的主宰，憑藉我的歌聲，而不是身體。

我討厭用身體賺錢。可是逃避不了。

畢竟用身體賺錢比用頭腦賺錢更實惠，更快，更多，也更直接。

我喜歡直截了當。

無需經過任何引見或邀請，下了台，我直接坐到吳先生身旁。

他微微驚訝，更多歡喜，站起身子來拉座位。他的朋友起哄地說歡迎，爭著遞煙，遞酒，遞瓜子碟子。

我點燃了煙，同一干人輕輕碰杯。

坐在一旁的陪酒小姐的臉漲得緋紅，我看也不看她一眼，推開碟子說：「我從不嗑瓜子兒。」

我從不嗑瓜子。

因為媽媽說過，瓜子和妓女是分不開的，是她們的道具、營生、手段和標誌。

兒話的尾音使吳先生更加驚訝：「你是北京人？」

是。我吐出一口煙，並不順著話題往下說。

多話的女人總是容易被看輕。名正則言順。沒有地位的人最好少說話。

如果不能為自己辯解，那麼沉默也是一種選擇。

收工後，吳先生約我去江邊宵夜。

江上有很好的月亮，和燈光彼此爭輝。江邊情侶如雲，鄰座有人在猜拳，「孟加拉呀孟加拉」，叫得很大聲。在別人眼中，我們未嘗不是一對情侶。

我點了桐花雀、椒鹽黃鱔、牛奶炸鳳梨、還有一份海鮮盅。

吳先生揚眉：「你很能吃，不忌油炸葷腥的，年輕人很少這樣。」

「很少哪樣？」我兩隻手一頭一尾地掐著黃鱔，用牙齒撕著吃。吃相無比難看。如果媽媽看到，一定又會訓斥我太不像一個淑女。

淑女，媽媽苦心孤詣地想將我培養成一個淑女，可是現在的我，從頭到腳，哪一點像個淑女。

我不過是個歌女。在夜總會轉場駐唱的小歌手。優伶的一種。而且尚未躋身名伶的行列。

名伶叫歌星。可以灌唱片上電視。再成功點的叫藝術家。

但是無名之伶，就叫歌手，或者直接點，叫歌女，甚或歌妓。

所謂十伶九妓。說得對極了。而我是那十分之九裏面的一個。

想到母親使我感到由衷的恨意，而想到「妓女」這個詞則使我痛快。痛，並快樂著。這種詞是為我這種人準備的。歌者的快樂與痛苦從來都分不開。

我唱歌，逢迎客人，玩弄翻雲覆雨的小手段，換取我想要的香車、香閨、香水、香衣，一應生活所需，皆來自男人，來自我的歌聲與容顏。

但是吳先生，他約我來江邊宵夜，目的當然不止只宵夜這麼簡單，他感興趣的，究竟是我的歌聲呢，亦或容顏？

這裏有很大的區別，決定了我要採取的獻媚方式——對一個自以為尊重藝術的男人過於主動，他會敗盡胃口的；然而同樣的，對一個欲望洶湧的男人扭捏作態，也會令他索然無味。

最好的辦法，是陪他大吃一頓，而且不必顧忌吃相。

那麼，如果他屬於前者，必然會帶著寬容或驚訝的口吻研究起你的多重個性；而如果他是後者，則食色性也，飽暖思淫欲地，會在你據案大嚼時動手動腳。

一個人的德行在兩種時候最不受控制，一是賭桌，二是餐桌——而且是越隨便越好的那種真正為吃而吃的餐桌，最好就是江邊大排檔。

無疑吳先生是屬於前者的。他正在很認真地看著我的眼睛，等待答案。

我笑著告訴他：「我不需要減肥，歌手的生活使我整個作息都顛倒了，吃再多東西也不會發胖的。」

「是這樣？」他眼中露出同情。

這是好現象。每個人都有同情心，可是富人的同情心被打動要比窮人的同情心有價值得多。

他說：「為什麼不考慮換一份工作？」

我警惕地看著他，暗暗掂量他話中的真假。很多女人會在這種時候涕淚橫流地痛說家史，以為把自己說得越可憐就越會博取同情分。

但我不會這麼幼稚。

因為我相信吳先生沒這麼幼稚。

一個在世界各地都開有連鎖店的大老闆，手下不知有幾百個像我這樣的小歌女，什麼樣的說辭沒見過？情節雷同只會使他輕視。

他同情有姿色的女人，不見得是因為她身世可憐或者需要資助，天底下需要可憐的人太多了。他的話，絕對是一種試探。

高手過招，差之毫釐，謬之千里。我賭定他是在與我作戲。

但這也是個好現象，他有心與我演對手戲，便是已經對我產生興趣，才會做進一步試探，玩場智力遊戲。

我不會輸給他的。

放下只剩一根魚骨頭的黃鱔，我用紙巾優雅地拭了唇，眉眼一飛，反問他：「如果我不做歌手，你去哪裏聽我的歌呢？」

他笑了，看著那根被我剔得乾乾淨淨的魚骨頭。

我剔魚刺，就像我姥姥嗑瓜子一樣在行。

姥姥嗑瓜子兒。

她一生中所有的餘閒時間都用來嗑瓜子兒。

每當想起她，首先映入我腦裏的影像便是她坐在床沿上盤起一條腿，另一條垂在床邊，腳上吊著繡花拖鞋，露出白襪子，一隻手抓著瓜子兒，另一隻手慢悠悠地往嘴裏送。微啟雙唇，輕輕一磕，那麼清脆而嬌柔的一聲，皮兒出來，仁兒留下，乾淨俐落，沒半點多餘動作。

嗑著瓜子，姥姥的眼睛半瞇著，望著窗外，很專注的樣子，可是眼神是空的，望的方向不屬於空間，而屬於時間。她望向過去，望向遙遠的記憶裏，那胭粉沉香的胭脂胡同蒔花館……

——胭脂胡同蒔花館，規整的四合院兒，磨磚對縫，飛簷雕龍，因為曾經出了一個玉堂春那樣大名鼎鼎的妓女，後來代代花魁都叫小蘇三，希望借了前輩的餘蔭也找到好人家上岸。

蘇三們在屋子裏供著玉堂春的畫像，哎哎呀呀地且拜且唱：「在天願為比翼鳥，在地願為連理枝。不指望他十分富貴九品相，不指望他八斗才高七步詩，六灶香煙，五樣蔬食，只求得四季衣裳三餐飯，兩個人兒一樣癡，一心一意，豐衣足食，不愁穿來不愁吃……」

樸素的願望，卑微的心事，女人最奢侈的理想，不過是男人。

——迄今走過京城著名的八大胡同，我仍然彷彿聞到那股甜膩的沉香，依稀看到年少的姥姥在某個街口倚閭相望。

舊時的風塵，全寫在姥姥的眼底了，歲月從她臉上不留痕跡地滑過，可是榮毀與死亡的陰影，卻全沉澱在了河流的底層。

吳先生接著問：「這麼說，你是因為熱愛唱歌才來夜總會的？」

又一個煙幕彈。我暗暗小心。此人不簡單，擺明了是誘我上當。如果我就此大談自己熱愛音樂，求他助我走上歌壇事業，那又是進了圈套，要被他恥笑了。

「喜歡肯定是喜歡的，但是也談不到熱愛吧。只不過在那個時候，那種情況下，剛好有這樣一份工作，就入行了。沒什麼選擇的機會。」抬起頭，我微瞇著眼望向江心，做一個無聲的歎息，略露滄桑：「選擇命運是有錢人的事。像我們這樣的人，是沒得抉擇的。」

一句話，逗起他的談興來，再也顧不上試探，順著我的話頭也感慨起來：「有錢人，又有多少抉擇的自由？人和人還不是一樣，都是聽從命運的安排。就像你說的，在某個時候，某種情況下，剛好有某種機會，也只有抓住了，別無選擇。」

「可是你至少可以選擇是請我宵夜還是請別人呀。」我巧笑，拈起一片奶炸鳳梨，知道自己贏了這第一回合。

在談話中占上風是一項非常重要的學問。再沉默寡言的人也是有傾訴欲的，如果你能使一個人面對你的時候有傾訴欲，你就已經得到了他一半的心。

我已經得到吳先生一半的心。歡心。

這個晚上，就在他的傾訴中渡過了。

其實話題內容仍然是老套的，就像十個歌女雖然有十一種心事然而目的永遠都只有一個——就是出人頭地一樣，十個富翁有十一種發家史，煩惱也都只有一種——就是妻子不瞭解自己。

有些是因為政治婚姻，有些是齊大非偶，有些則乾脆是為了喜新厭舊找藉口，總算遇到那第一百零一個對婚姻忠心的，經醫生檢查，診斷他是性能力衰竭。

我姥姥說過：世上人，無非嫖客與妓女。

一等嫖客嫖一等妓女，末等嫖客嫖末等妓女，如此而已。

吳先生的婚姻是典型的強強聯手，他和妻子各有事業，兩人碰面的機會一年也沒有一次，見面時自然是恩愛夫妻，犯不著不恩愛。

但是不見面的時候，那就各自為政吧，她從沒想過要抓他的姦情，他也從不過問她的豔遇。廊橋遺夢或是鐵達尼號的故事每天都會發生，只不過發生在現實生活中往往便不像影片去蕪存精後那般浪漫罷了。隔三差五會有個把小白臉或者小歌星登門鬧事，揚言要公告於媒體逼得當事人身敗名裂云云，然而這種事，對於富翁階級來說根本就是家常便飯，除了生意，有什麼可以使他們身敗名裂的？

但是煩惱仍然會有，她是因為鐵達尼號靠岸後傑克依然不肯下戲；而他則是因為尋遍廊橋，找不到真正的紅顏知己。

真正的恩愛夫妻有沒有呢？盲妻與瘸夫互相挽扶著過獨木橋時，應該是經典鏡頭。

我們自備了紅酒，我輕輕地旋轉著酒杯欣賞酒的掛杯度，讓眉梢眼角略微透露幾分春情，繼續賣弄自己的小聰明：「電影播映前會打出一行字來提醒觀眾：本片純屬虛構，如有雷同，純屬巧合。」

「哦？」他挑起一邊眉毛等待，知道我必有下文。

我微笑，這人的確是一個好的談話對手。——「其實，根本不可能雷同的，因為世上其實沒有愛情，只不過人人都在說愛，才製造了電影。是電影和小說給了世人一個關於愛情的夢，也給了夢想破滅的失望和苦惱。」

「這種說法倒很新鮮。」吳先生也笑了，凝視著我，「你的小腦袋到底是什麼材料做的，可以這樣聰明剔透？」

我歪著頭，將手扣在自己額上：「我這裏，是潘朵拉的匣子。」

「專門釋放疾病與煩惱，但是最後時分，也放出了希望？」

「希望？」我笑了，「愛情與夢想，是潘朵拉的匣子裏最可怕的災難。」

「來，為了潘朵拉的匣子乾杯。」

杯中酒乾，江心月白，然而江畔兩邊仍是燈火通明。他看著我，略略躊躇。而我搶在他開口之先說：「送我回宿舍好嗎？明天還要演出，我得好好補一覺。」

「哦對不起，是我留得你晚了。」他立刻站起身來，露出難題迎刃而解的輕鬆笑容。

於是我知道自己又勝一局。千萬不要在一個男人視你為紅顏知己大談家私之後投懷送抱，會把他剛剛建立起來的那點尊重和信賴全部輸光的。他得到一個女人，卻失去一個朋友，是件很煞風景的事。

而男人對女人往往沒有對朋友來得慷慨。

我並不在乎成為任何人的女人，但我在乎自己的出現應該不僅僅是一個女人。任何和我在一起的男人，我都會要他們一輩子記得我，至少，要尊重我。即使我是為了錢。

所有的男人都肯為我保守秘密。他們以為我對他特別不同，所以亦對我特別不同。

是因為這一點，我才沉浮欲海終年而仍然有個好名聲。沒有人知道我其實已經千瘡百孔。

我說過我有一張十七歲的甜蜜臉孔，何教授說我的臉像安琪兒，不染紅塵。

不染紅塵？明明我已歷盡風塵。

回到「宿舍」，已經是凌晨四點鐘。

吳先生的豪華賓士駛進百合花園時，他曾意味深長地看了我一眼。但是什麼也沒有問。

我也沒有解釋。這樣的臨時住所，當然不僅僅是一個歌手的身分可以換得來的。

我們在花園柵欄門外道別，我輕輕吻在他的頰上，標準的goodbye kiss。這樣的一個吻，沒有任何意義，可是不容輕視，它有時起到的作用會比熱吻更加銷魂。

看得出吳先生立刻對我曖昧的身分釋然了，輕輕說：晚上我來夜天使看你。聽我唱《黑色星期天》。我揮揮手，消失在柵欄門裏，留給他一個裙袂飛揚的背影。

我的背影窈窕修長，穿束身長裙時尤其惹人遐思，我知道。將窗簾拉開一角，我看到豪華賓士停了一會兒，才緩緩駛去。

這個男人已在我掌握之中。

卸了妝，打開電腦上網，ＱＱ上同時閃出好幾個頭像向我問好。我一一回答，態度恭謹認真。

一天裏，也許只有這一會兒是快樂的，自由的，真正活著的。

喜歡網路，是因為喜歡那份神秘。

因為神秘而自由。

偶爾也在ＢＢＳ上灌水。同人背《莊子》。優雅嚴肅得不像我。

或者，那個嚴肅的人才是我。

「北冥有魚，其名為鯤，鯤之大，不知其幾千里也；化而為鳥，其名為鵬，鵬之背，不知其幾千里也。怒吼而飛，其翼若垂天之雲。是鳥也，海運則將徙於南冥；南冥者，天池也。」

這樣流利地默寫著《莊子》時，心中的翳悶便會一寸一寸地消失，恍惚面對的不是電腦螢幕，而是大海，浮雲，浪花，與礁石。

怪岩嶙峋，風起浪湧，我的世界，不是只有「夜天使」那麼大的。

難怪有人將上網聊天叫做「衝浪」。的確有笑傲江湖的快感。

常去的論壇叫作「緣份的北京」。

已經離開北京整整一年了，很想念前門的夜市和琉璃廠的書香，寬街鐵獅子胡同宅門口的紅燈籠也讓我無限懷念。

因此貪婪地在字裏行間尋找北京的塵香夢影。

有個網名叫「大風起兮」的寫手引起了我的注意。

──我的網名叫「隨風聚散」，這契合多少有些意思。

隨風聚散，暗示了我的姓，也象徵了我的命運。

有點矯情。

這矯情讓我覺得自己還很年輕。

年輕而柔軟。

「大風起兮」寫的都是些京城的街閭新聞，很瑣碎，也很犀利，夾敘夾議，圖文並茂──婉容住過的帽兒胡同的老照片，大柵欄老店換新顏的感慨，天仙廟四月初八朝碧霞元君盛大香會的記述，以及京城明星的娛樂八卦……點點滴滴，都像甘泉靈露，聊解我思鄉之渴。

在一篇《京城明星出書熱》的文章裏，他寫道：「明星出書說穿了就是一場熱鬧的脫衣秀，而且是比基尼泳裝秀那樣暴露的熱門表演，寫的人和看的人都急於把最後的三寸布條也撕下來，雖然，我們都清楚地知道那布條後面是些什麼。」

此檔相關圖片是一張繪著比基尼裝裸女的封面，旁邊有個頂著讀者帽子的小人拚命去揭開書頁。

我大笑，追在後面跟帖：「錢鍾書老爺子把穿比基尼的鮑小姐比作『局部的真理』，而明星出書遠比文人著書暢銷這一現象，則充分驗證了『真理往往掌握在少數人手中』這一真理。」

下線時，遠遠地聽到雞啼。

我住的地方，可以聽到雞啼。黑沉沉夜裏遙遠而綿長的一兩聲，不像報曉，只像送終。

這裏聽不到車聲，整個城市都死了一樣。

別墅區，遠離塵囂的寂寞的富人們住的地方。每個裝修華麗的窗戶後面都有一個在等待中失眠的女人。她們的男人給她們買了這座豪宅，於是便有理由夜不歸宿——溫情和金錢永遠不可並存。

當然，除非那個男人是做父親的。父親雖然也不肯回家，可是給錢會給得更大方些。要錢的人，也理直氣壯，在花園裏遛狗，看到太太們多半有些不以為然。

而太太們又瞧不起來歷不明的情人。

情人瞧不起包二奶。

二奶看不起交際花。

很不幸，我就是那個交際花。

一個專門在豪宅間出入的交際花。今天住在這個高樓，明天住在那座別墅。它們都不是我的家。

我只是過客，不是主人。

其實我也可以名正言順地向人要錢的，比方說，向我母親。

可是我憎惡她，憎惡她賺錢的方式。儘管，現在的我比她更加骯髒。

記憶總是在夢裏回來。

不可知的背景，不設防的夜晚，往事如故衣附體，驀然襲來，人便在瞬間迷失了。

心口一陣陣地疼，欲哭無淚，曾經得到和終於失去的悲喜交織碰撞，中間的離合漂泊思念淡忘全不存在，於是記憶復活了。

夜裏我夢見自己執一把刀，刺進母親的胸膛，沒有血，刀子插進肉裏的感覺遲鈍而不真實。

我渴望真實，渴望血，所以刺了一刀又一刀，絕望地、瘋狂地、不停地刺進拔出，刀子上始終不沾一滴血。

一個聲音在詛咒：「世世代代……妓女……恨……永不超生……」

我號叫，更加用力地將恨刺下去。

血從母親的眼耳口鼻裏流淌出來，但是她的胸前依然完好。被刀子刺過的地方依然完好。她冷冷地笑著，不躲，不還擊，不倒下。

她是永遠不會倒下的。她是我面前的一堵牆，是沒有出口沒有腳印的雪野。

我逃離不出。

更精彩內容，請續看西嶺雪前世今生系列《女人都不是天使》

西嶺雪 作品
通靈
男人總想成為女人的第一個
女人卻總想成為男人的最後一個
兩廂情願的姻緣註定要一再被錯過。
成人的世界裏，只成就傳奇，沒有童話。
〔搶先試閱〕敬請期待

鐵樹久不開花，於是最早人們都只叫它「死樹」。但是給足恒久的信任和耐心，它終有一天會燦然綻放，那花朵，是比任何一種花都更加令人心動的，因為那是自生命的最底層爆發出來，當它向著陽光，會伸展出異乎尋常的渴望與熱力。

靜夜，如果你守候在鐵樹花下，你會聽到，花蕊的尖叫。

紀天池沉睡兩年後終於醒來，從一個很長很長的夢裏醒來。

夢裏是一片冰天雪地，醒來，卻是陽光滿簾。

鳥兒在窗外啁啾得清脆，有花香從飄拂的紗簾間吹進來，躡手躡腳地，彷彿怕驚著了她。

她的眼裏有很深的寒意，彷彿深潭積雪；但是她的臉上，卻帶著笑，是那種醉酒的人半夢半醒間露出的混沌未開的單純的笑。

她看著周圍熟悉又陌生的傢俱擺設——本木色上清漆的雕花衣櫃，同材質的床頭几和貴妃榻，真皮烙花桌面玄鐵纏枝架子的梳粧檯，台上同套的真皮烙花首飾盒、紙巾盒、台燈罩，一直延伸到牆上的小小真皮烙畫掛件……她記得它們，可是它們分明又比她記憶中的來得陳舊，因而顯得不同尋常。

每件物事都這樣沉默而嚴肅，彷彿守著一個極大的秘密。

門緊閉著。

世界上最神秘的東西就是門了。

每一扇門背後，都藏著許多故事。誰也不知道，推開那扇門，會發生些什麼奇遇。

門外傳來輕微的「咔」的一聲，彷彿有人在轉動鎖匙。

這一天對於核桃，和任何一天並沒有什麼不同。

早晨八點鐘，她開始打掃房間，然後，為天池擦臉，餵食流體，九點十五分，盧琛兒的電話準時打來，對白半年如一日。

「紀姐姐好嗎？」

「她在睡覺，今天比昨天好些。」

每一天都比前一天好些，不知道是真的還是人的心希望如此。

但是天下所有的老闆都只想聽好話，所謂報喜不報憂。事實如何並不重要，重要的是核桃只能這樣回答。

因為盧琛兒是那個付工錢給她的人。

核桃不知道自己的主人到底是誰，是紀天池還是盧琛兒。不過她按照自己的理解能力把這兩個人的身分劃分得很清楚：天池是她的工作，而琛兒，是她的工作的獎賞者。

核桃在兩年前來到大連。身上穿著姐姐的舊衣裳，略大些，晃晃蕩蕩地罩在瘦小的骨架上，越發顯得人瘦——不知是她本來就比姐姐瘦呢，還是衣服越洗越鬆；褲子是男裝褲改出來的，屁股綳得緊緊的，褲襠卻肥肥大大，褲腿簡單地裁下來一截收了邊，於是原本磨得半破的膝蓋如今便垂到了小腿上，看著不僅局促，而且曖昧，有種含羞帶辱的意思，不止是窮那樣簡單；內衣自然是不要想，內褲則是邊角料拼的；手上拎著的行李包也不是買的，而是用邊角料自家縫的——根本她這個人，也像是用做人的邊角料拼起來的，瘦骨伶仃，細眉細眼，手與腳都長長的，脖子也不合比例的長，說不上哪裏不和諧。

她也正是生活在人世的邊角料上，生在農家小戶，長在窮鄉僻壤，只看到眼前那麼大的世界，只看到房頂的一塊天。最重要的，她是超生的產物，益發在這世界上連一個正規的名字都沒有，沒有戶口，沒有身分證，自然也沒有一個明確的位置是屬於她的，晚上在炕頭擠一擠騰出點空隙就可以側身睡下了，早晨鋪蓋捲兒一卷就掃清痕跡，白天走路時也都小心翼翼，走在人生的邊角，不敢多說一句話，不可多行一步路，更不會奢望任何不屬於自己的人和事。

然而鄉間長大的女孩子誰又不是這樣的模本呢——童年總是很短暫，無憂無慮是因為思想還沒有長成，但凡懂了點人事，便識得家境的艱難和人生的不如意。大概齊地讀幾年書就出來幹活了，如果不想種田，就往城裏找間紡織廠做女工，再不就是做什麼人家的保姆——就連做保姆，也多半沒什麼機會走進高門大戶，而只能給比自己強不了多少的尋常人家看孩子。

雙職工的年輕夫妻，家裏沒有老人照料，又有了孩子，便花錢雇人來做「代母」，連她們自己的眼界都有限，又會待下人和氣到哪裏去呢？談工錢時自然是討價還價的，直等對方進了門也要虎視眈眈，生怕被占了便宜去，發薪時又必定是再三躊躇，能拖便拖，實在拖不下去了，便戀戀不捨將每一張鈔票都撫得平平整整再死攥得緊緊皺皺然後故意豪聲大氣地說：拿去，這是給你的。彷彿這錢不是保姆辛辛苦苦花了一個月的心血賺來的，而是主家平白賞賜的似的。

——紀家是核桃打的第四家工。在此之前，核桃長到這麼大，並沒見過一個真正高貴的人。

然而天池，紀天池可以算得上是一個真正高貴的人嗎？

甚至，天池可以算是一個真正的人嗎？

她不吃飯，不說話，不走路，不發脾氣，幾乎除了睡覺之外，她不做任何事。

通常人們管這種人叫做「植物人」。然而植物人，也還是人吧？或者，像植物更多些？

核桃第一次看到天池時，驚得幾乎說不出話來。事實上，她本來就不是一個喜歡說話的人，以前的主人，常常因為她的寡言少語而對她頗有微辭，覺得自己花了錢卻不能看到好臉色。商業社會，誰不希望自己的投資物超所值？請保姆，收買她的勞動之餘，當然也希望收買她的笑容。核桃做了兩年保姆，打了三家工，卻沒有加過一次工資，就是輸在臉色上。

所以當她發現自己的新工作是侍候一個不會說話的植物人的時候，不僅不覺得辛苦，反而有些歡喜，因為工作性質單純多了。何況，盧琛兒還給了她一份不菲的薪水。

從來沒見過像盧琛兒對朋友那麼好的人。核桃最初看到琛兒對天池的那份無微不至的時候，還以為她們是親姐妹，後來才知道，她們只是舊同學，好朋友。琛兒告訴核桃，紀天池在兩年前游泳時淹了水，大難不死，變成現在這個樣子，已經兩年了。她說只要核桃照顧得好，她就會給她加工資。她對核桃的工作很滿意，總是誇獎多過叮囑，她說核桃是現今不多見的溫順女孩，不多嘴多舌，不亂打聽是非，又很會照顧人，總之以前雇主指責核桃的錯處在琛兒那裏都成了優點。

核桃也的確很會照顧人，無論是沒有自理能力的老人還是襁褓之中的嬰兒。在她眼中，天池其實和嬰兒差不多，而且不會鬧人。她比任何一個主顧都乖，琛兒也比任何一個老闆都大方。核桃慶幸自己找到了好工作。

當她從菜市場買菜回來，用鑰匙打開防盜門的時候，心裏還這樣地在為自己慶幸著。

接著，她聽到一聲呻吟，彷彿有人問：「誰？」

「誰？」核桃大吃一驚，渾身的寒毛直豎，更大聲地回問了一句，接著衝進房去。

然後，她看到一個女子半坐在床上，瞪大眼睛望著自己。她的臉，自己已經看了一百多個日夜，不知道有多麼熟悉，然而這一刻，當她睜開眼來，與自己四目交投，卻顯得如此陌生，觸目驚心。

核桃尖叫起來，蔬菜撒了一地。

天池驚訝地看著面前的女孩子，一時還沒有從夢中回過魂來。

那些鬼魂。

那些鬼魂從街道的不同拐角裏走出來，或哭，或笑，或歌，或舞，都神情迷茫，腳步飄搖。她們迷了路，攔住每一個經過她們身邊的人問路或邀舞，可是每個人連自己在哪裏都不清楚，又如何給別人答案。天池穿過她們中間，同樣地尋尋覓覓，同樣地淒淒惶惶。

然而她堅信自己不屬於她們，她不向任何人求助，只是匆匆地趕著自己的路。

冥冥中，她覺得有件重要的事情要做。不，是一個重要的人，她有一個重要的人要救。她向她奔去，穿著冰雪的鎧甲，舉步惟艱。

很多年後她會明白，在夢中，紀天池最想營救的人，其實是紀天池自己。

這兩年中，她一直有做夢的跡象，到了上個月，夢境突然清晰，眼珠在眼皮底下頻繁轉動，心率加快，再後來甚至開始囈語，手腳微有伸曲，並且偶爾會睜開眼睛，茫然地轉一周又重新闔上，蒙頭睡去。

那時醫生們已經斷定她會醒來。兩年的等待和努力即將有結果，每個人都很興奮，心理醫生程之方甚至已經開始準備「植物人起死回生」這一醫學奇蹟的報告講稿。

但是偏偏，天池真正清醒的這一刻，身邊陪伴的，卻只有小保姆方核桃。

「你是誰？」天池張開口來，發現自己的聲音有些啞。而核桃，分明比她更加沙啞而驚訝：「你醒了！天啊，你醒了！」她連聲地驚歎著，愣愣地重複著，要向天池奔過來，卻又忽然意識到一地的菜，本能地蹲下去撿拾，可是心思分明不在此，便又走來要攙扶天池坐起，看到自己手上的菜，又忙拋下，呵呵傻笑著，手足無措。

天池很抱歉自己嚇到了這個看來只有十六七歲的女孩子，盡力把聲音放得溫和，「慢慢說。」

事實上，她自己才真正是慢慢說。極慢極慢，每一個字都咬得字正腔圓，好像對說話這件事看得極鄭重，又似乎一個呀呀學語的孩子在裝大人。

「慢慢說，慢慢說。」核桃拚命地點著頭，幾乎要手舞足蹈。她第一次對自己的訥於言辭感到生氣。這一刻，她多希望自己可以滔滔不絕，繪聲繪色，像那些能說會道的人一樣，對天池詳詳細細地說一說發生在這半年間的所有事情啊。

所有事情，其實，她自己又知道多少呢？她知道的一切，也不過就是盧琛兒告訴她的那些罷了。

盧琛兒。好吧，就從盧琛兒說起吧。

琛兒和許峰駛在路上，和往常一樣，琛兒一邊開車，一邊同許峰討論著今天新接的一單生意，算來算去，總覺得收支難以平衡，一個月已經過去大半，員工的工資還不知道在哪裏，更遑論利潤，心下頗為煩惱。

許峰看著窗外不息的車流人流，隨口安慰：「急也沒法子，過一天算一天罷了。」

琛兒不悅：「你就會說沒法子，沒法子就不能想法子？整天坐在公司裏不動，就會有生意自己從天上掉下來？」

許峰也煩了：「我現在不正在跟著你到處跑嗎？你還要怎麼樣？那些客戶點著名非要跟你談，我除了當保鏢，還能怎麼辦？要不我去做個變性手術，當人妖賺錢去？」

琛兒惱怒：「你這不是抬杠嗎？你說的是人話嗎？」

貧賤夫妻百事哀。然而志大「財」疏的小康夫妻，卻只有更加捉襟見肘，因為壓力比平常人大，空間卻比有錢人少，掙扎在生活的夾縫裏，處處碰壁，簡直窒息。

他們兩夫妻共同經營「雪霓虹電腦製版公司」，看在局外人的眼中，是一對標準的經典鴛鴦，舉案齊眉，患難與共。

然而實際上，卻全不是那麼回事。的確有舉案齊眉，也的確是共同進退，可是，可是沒有彼此欣賞，體諒，寬容，和理解。

即使他們每天都做著同一件事，一起上班，一起下班，形影不離，如膠似漆，可是，他們並不想這樣，並不願意這樣。

他們只是偶然地或者是刻意地搭乘了同一輛車子，就好比眼前駕駛著的這台小麵包車吧，既然已經上路，便只有跑到終點。馬路中間不可以違規停車，也不可以隨意上下客，除了同心同德，同車共濟，他們還能怎麼樣呢？

紅燈亮起，琛兒踩了一腳急剎車，許峰差點碰了額頭，更加不滿：「為什麼不早點停車？」

「我以為可以闖過去的嘛。」

「你總是搶這麼一分半秒的，被員警扣了分就不搶了。」

「我一個人願等行嗎？我等，後面的人不願等，還不是要罵人？」

於是新一輪的鬥嘴開始。在紅燈亮起的這一分鐘裏，兩個人都不看對方，而只是注視著時間表的倒數計時，誰也沒有意識到，此刻在前方亮起的，不僅僅是行車的紅燈。

手機在這個時候響起來。

核桃掛斷電話，報告說：「盧小姐說晚上和許大哥一起回來吃飯。」

天池微笑點頭。是她不許核桃告訴琛兒自己已經醒來的消息的，想給好朋友一個驚喜，也想給自己一點時間清醒。游泳淹水？睡了兩年？多麼像一場天方夜譚。如果不是核桃打開電視讓她看新聞，她真要懷疑這一刻才是在做夢，自己現在還在夢中。而核桃，是夢裏的人物。

但是琛兒。琛兒的名字一旦想起，就如此清晰。想起自己和琛兒在大學裏的往事，只覺就像昨天一樣。核桃說琛兒已經結婚了，她到底還是嫁給了許峰。天池還清楚地記得，琛兒和許峰的愛情是如何曲折離合的，他們中間分手不只一次，如今到底走在一起，可真值得祝福。當初，還是她一直為他們牽針引線的呢。

天池問核桃：「我病的時候，還有誰來看過我？」

「還有程醫生啊，他是心理醫生，叫程之方，也每天來的，不過都是上午來。今天上午也來過的，給你讀了半小時報紙才走。真可惜，走得早了一點，沒看到你醒過來，不然一定樂瘋了。」

程醫生？程醫生是誰？似乎很熟悉，卻又不大想得起來。

天池努力地搜索著記憶深處，卻發現腦子裏彷彿是空的，除了琛兒之外，什麼也記不起。

「還有呢？還有誰來過？我以前是做什麼工作的？」

她急於記起更多人，更多事，自己還有什麼親朋故友，在睡著之前，自己的世界有多大，都經歷過些什麼樣的故事。

然而核桃覺得抱歉：「再沒什麼人了，也許以前有過，不過我不認識。我來到這裏只有半年多。」

半年多。也就是說，至少兩百個日子以前，她已經被社會拋棄，守候在她身邊的，不過是琛兒夫婦及心理醫生程之方而已。

天池覺得心裏發空，按住太陽穴，感到那裏隱隱作痛，兩年，七百多個日子呢，不暈才怪。她終於相信自己聽到的一切，不禁虛弱地對著核桃笑一笑，卻不知從何說起。

兩年，已經兩年沒有說話了嗎？

「不不，說過話的，夢話。」核桃靦腆地笑，「您常常說夢話。」

天池也笑了。幸虧如此，不然一定失音。她活動一下手腳，嘗試著想坐起來。核桃忙過來攙扶。在她睡著的這些日子，琛兒和核桃一直有替她按摩，使她四肢不至僵化。然而在核桃的攙扶下努力地站起來，仍然覺得腳步虛浮，彷彿雙腳已不足以支撐這部軀體，彷彿不是用自己的腳在走路，又彷彿她忘記了走路是怎麼一回事。

當她累出一頭一身的大汗，終於兩手撐著窗台成功地獨自站立時，不禁笑了。

核桃也笑：「你自己活動一下，我去放洗澡水。」

天池點頭，回轉身，向窗外看出去。

是春天呢。有風，細細地吹進來，柳葉清新，丁香縹緲，天池貪婪地深呼吸，極目望出去，遠遠地可以看到一帶海的影子，那是星海，煙波浩渺，依稀還有帆船。由遠及近，是會展中心的廣場，人家的屋簷，街道，街道上的車，臨街的社區，社區的花園，電線杆，電線杆，電線杆下的男人。

咦，那個男人，那個男人。天池微微發愣，社區甬道的電線杆子下，筆直地站著一個瘦削的男子，彷彿要跟電線杆子比比誰更執著似的，一動不動。看不清他的相貌，可是身形蕭索，連背影都是那麼憂傷。

天池看著他，心上莫名地有一絲觸痛感。他是誰？自己認識嗎？他看起來十分熟悉，可是一時想不起來。天池發現，自己好像想不起很多事情。

紅燈換了綠燈，車子開始駛動。

琛兒和許峰仍在吵架，為了另一個話題，駛在另一條路上，但是仍在吵架。這一次鬥嘴和中午那次已經隔了三四個小時，中午為什麼吵已經忘了，甚至現在為什麼吵也並不分明，但是仍然在吵，好像沒有停止過。

從結婚到現在，一直都沒有停止過。

忽然之間，兩個人都累了，一齊住了口。半晌，是琛兒先說話，很疲憊地說話：「許峰，我們離婚吧。」

許峰看著正前方，不說話，彷彿沒聽見。或者，是因為聽見太多次，卻仍然不知道該怎樣回答。

離婚？他茫然地想。從五歲起愛上琛兒，追求她十幾年，當她是夢中的小公主，得到她是自己從小到大的理想，後來理想成真，卻發現並不是想像中的快樂。所有的童話故事都只講到王子和公主結婚為止，後面的大綱，便只剩下一句「從此過著幸福的生活」，至於細節，沒人知。但是現實生活裏的王子和公主，結婚卻只是故事的開始，幸福只是小說的封面，內中的情節呢，柴米油鹽，雞毛蒜皮，這些，是童話家不知道的，還是刻意忽略的？

不，他不想離婚。他愛琛兒。即使現在的愛已經遠不是少年時那樣純粹熱烈，但他仍然愛她，無庸置疑，除她之外他並沒有愛過第二個人。她美麗、善良、聰慧、獨立，同她離婚，他不可能再找到第二個比她更好的，那又為什麼要離。然而像現在這樣生活下去，周而復始地吵架，沒完沒了地煩惱，終究，又有什麼樂趣與幸福可言？

許峰只有沉默。

紀天池看著窗外。

遠遠的星海的影子，帆船，會展中心的廣場，人家的屋簷，街道，街道上的車，臨街的社區，社區的花園，空空的電線杆——電線杆下的男人已經不見了。

洗過澡的天池神清氣爽，終於切實地有了種魂兮歸來的真實感。水如此溫柔地包裹著她，如真如幻，使她覺得安全，彷彿又回到夢中了一樣。

兩年，自己竟然昏睡了整整七百多天，是怎麼過來的？身體留在人世間，精神卻走入時間隧道，不過是片刻的貪玩，一回頭，卻已經兩年過去了，是這樣嗎？兩年前，到底發生了什麼事？兩年中，又錯過了多少事？

門鈴響了。核桃歡呼：「盧小姐來了。」奔跑著去迎接，急不可待要看到那戲劇性的一幕。

琛兒挽著許峰走進來，看到天池，因為意想不到一時沒有認出，禮貌地招呼：「您是來看紀姐姐的？有心了。」

天池背靠窗子轉過身來，木木的不知道招呼，只望著琛兒出神。兩年「不見」，琛兒成熟了，也滄桑了，她還是那麼甜美俏麗，可是眉宇間明顯地帶著一絲煩惱之色，彷彿不勝重荷。而以前，琛兒的臉上是陽光的，清明的，如晴空萬里無雲。而且，她穿著的是一套剪裁得體質地優良的職業裝，這也和以前不同，以前琛兒是從來不喜歡穿套裝的，覺得呆板。

天池忽然發現，自己記得琛兒的事情好像比自己的還多，且巨細靡遺，印象深刻。

而琛兒已經走到床前去，看到空床，一呆。許峰卻已經先反應過來，望著天池試探地叫一聲：「天池？」

天池清醒過來，含笑點頭：「小峰，恭喜。」

「啊——」琛兒忽然驚天動地尖叫起來，驚得天池和許峰都是一個趔趄，而她早已衝過來抱住天池，又跳又叫：「紀姐姐？你是紀姐姐？紀姐姐！」她抱緊天池，彷彿怕她飛跑了一樣，緊緊地抱著，淚流滿面，「紀姐姐，你醒了，你終於醒了，紀姐姐，紀姐姐，你終於醒了，你醒了……」忽然站立不住，身子癱軟下來。許峰忙一把抱住，連拖帶抱地把她扶到床上來。

琛兒又哭又笑，只是死死拉著天池不鬆手。天池只好跟到床邊坐下，含笑撫著她的臉，柔聲勸：「我醒了，沒事了。」一時間，倒彷彿她是訪客，琛兒倒成病人了。

兩年，在琛兒是七百多個日日夜夜，是數千次的祈禱和眼淚，對天池，卻只是南柯一夢。她很難把自己的頻道調至與琛兒相同，卻也感動於她的真情流露。「琛兒，沒事了，我醒了。」她想說得更多，但言語有障礙，翻來覆去就這一句，「我醒了，沒事了。」

妙就妙在琛兒也只會這一句：「你醒了你醒了你醒了……」

許峰看著這感人的一幕，也心情激蕩，不住地望著天花板眨眼睛。他是個男人，總不好意思當眾流淚，卻不知道怎樣表達自己的開心才好，忽然想起來，搓著手說：「對了，程之方，我這就打電話給老程，請他一起來慶祝。程之方早就等著這一天哪。」

「程之方是誰？」天池望著琛兒，慢吞吞地問，「核桃說，這半年來，除了你們，就屬程醫生最關心我。」

「你不記得老程了？」琛兒驚訝，「他不僅是你的醫生，也是你的好朋友呀。他做你的心理醫生，是自願的，免費的，是義工。他還是我哥哥的同學呢，你竟不記得他？」

天池深深抱歉：「大概我睡得太久，很多事都想不起來了。」

「你，忘了？」琛兒狐疑地看著她，「那，你，記得我哥哥嗎？」

「你哥哥？」天池更加抱歉，「對不起，你有個哥哥嗎？」

「你連我哥也忘了？」琛兒茫然，呆呆地盯著天池半晌，忽然又驚天動地地大叫起來，「我明白了，你失憶了！」

有風的夜裏，琛兒總會臨窗點亮一盞燈輕聲呼喚：「天池，回來，天池，回來……」

天池不答。可琛兒卻總似乎聽到風中傳來依稀的低語：「琛兒，琛兒。」

音。

無論何時何地，只要琛兒念起天池的名字，她就會從風中聽到這天籟般的回

紀天池的甦醒在盧家引起了軒然大波。

盧母立刻責承兒子：「盧越，還不趕緊把我的好媳婦找回來呢？」

盧越卻只是抱著頭，沉默不語。

琛兒看著自己的手，歎息了又歎息，也不說話。紀天池失憶了，這是她怎麼也沒有想到的。兩年裏，她設想了無數個天池甦醒的情形，連夢裏也夢見天池醒來，握著她的手喊琛兒。

事實上，她從來都不覺得天池真的離開了她。每當有風的日子，盧琛兒都會點亮一盞燈，對著茫茫夜空輕輕地喊：紀姐姐，紀姐姐。

天池是愛燈的。天池說過，每一盞燈後都是一個家庭，最幸福的事，莫過於點亮一盞燈，等她所愛的人回來。然而，她始終沒有等來她愛的人，於是她心灰了，甚至一度試圖熄滅自己生命的燈。是琛兒把她拉了回來。

兩年中，琛兒一直細心地為天池擰亮她床頭的那盞燈，她堅信，那燈光，一定會告訴天池知道，她在等她，等著她回來。

如今，天池的夢魂終於歸來了。可是，她卻失憶了，忘記了過去，忘記了曾經的婚姻，忘了自己的哥哥。所幸，她還不曾忘記自己，盧琛兒。

琛兒不知道該悲哀還是慶幸，程之方醫生說過，這種忘記，其實是一種自我保護意識。

天池所忘記的，都是與感情有關的人和事，這是因為那些人事曾經帶給她深深的痛苦，並且構成了她當年蹈水自沉的直接原因，所以，她忘記了它們，這就叫做選擇性失憶。

琛兒對程之方有些不滿。天池睡了整整兩年，連醫生都已經放棄，卻又奇蹟般地「活」了過來，大家都說這是她的功勞，她為了謙虛，拱手說了句「是程醫生的本事」。不料程之方真當成一句大實話了，從此處處以恩公自居，跟隨在天池身前身後，直把她當成他的專屬了。

琛兒看得很是生氣，卻又無可奈何，畢竟，是盧家對不起天池在先，總不能因為盧家休了天池，就不許別的男人對天池動心了吧？何況，在天池的記憶裏，已經根本沒有了哥哥盧越的位置，她就更沒有理由阻止程之方對天池的追求和「壟斷」了。

而且程之方還說，既然天池不記得盧越，就說明她的潛意識仍在抗拒這一段回憶，那麼還是不要刺激她的好，免得病情復發。琛兒對這個理論表示懷疑，認為是老程的私心，卻也只能聽從，程之方是心理醫生，專業人士，不聽他的，又能怎麼辦？誰又敢冒讓天池病發的險呢？因此不管她怎麼心疼哥哥，卻也只有一言不發。

最後，還是許峰出來打圓場：「媽，是這樣的，紀天池剛剛醒，很多事都一下子想不起來。醫生說她需要休息一段時間，慢慢適應，不方便見客。」

「客？我是她婆婆。」盧母不悅。

「是前婆婆。」琛兒提醒，「媽媽，紀姐姐已經把哥哥忘了，根本不記得自己結過婚又離了婚。你們突然一大家子出現在她面前，又是丈夫又是婆婆的，她會受不了的。」

「忘了？」盧母失色，「天池會把我忘了？我不信。她那麼乖，那麼孝順，怎麼會把我忘了？」

「那您要不要賭一把？看看天池會不會跟你來個悲喜相逢，然後激動過度暈過去再一睡不醒？」琛兒沒好氣地搶白。

盧母更不高興：「你這是什麼態度？這樣跟你媽說話！」

「可是真話。」琛兒悲哀地說，眼睛裏已經有了淚，「媽，您別忘了，是我們家對不起天池在先，是哥哥把她害成這樣子，既然她好不容易把哥哥忘了，我們有什麼臉再去提醒她記得？」

「那你就不想她和你哥和好？」

「沒有人比我更希望紀姐姐會做我嫂子。是哥哥不珍惜她，和她離婚，才讓她投了海，導致大腦進水，變成植物人的……」眼淚流下來，琛兒的聲音哽咽，「紀姐姐的醒，等於是重活了一次。她已經把過去全忘了，誰又敢提醒她呢？誰敢保證如果她記起來以前的事，會不會又悲劇重演？」

盧母呆了半晌，緩緩地問：「那麼，她有沒有說過，當年她投海之前，到底發生了什麼事？」

琛兒搖頭：「她說不記得了。」

盧母歎了口氣，下死眼地瞪了兒子半晌，咬著牙罵：「都是你這個不爭氣的。」

盧越低著頭，把臉埋在手裏，自始至終不說一句話。他的心底，反覆輾轉著兩個字：天池，天池，天池……

天池。盧越一直都記得第一次見到天池的情形。

就在這屋子裏，三伏天，全家人都出去了，他自己在家彈吉他，裸著上身，狼嚎虎嘯地過癮。

忽然門鈴響，開了門，就見到天池。眉目清秀，亭亭玉立，面對盧越的衣冠不整，也如面對一位正裝紳士，不卑不亢，笑容婉約。她是來找琛兒的。那是他們第一次見面，但是他知道她是誰，她也知道他是誰。她說：「我是紀天池，你是盧越。」非常地篤定自信。

事隔多年，盧越仍然清晰地記得當時紀天池那個清淡如水的笑容，那笑容，已經刻骨銘心，永志不忘。

紀天池並不漂亮，但是盧越仍然深深驚豔，是她叫他第一次知道，為什麼女兒是水做的骨肉。

冷水。

流動而清澈。

雖沉靜無言，卻瞬息萬變。

他從此開始了苦苦的追求，終於精誠所至金石為開，和天池領了結婚證，拍了結婚照，甚至連新房都裝修好了。然而就在行婚禮前，一番猜疑和一次外遇使他們勞燕分飛……

盧越恨呀。他恨那些陽錯陰差，更恨自己的愚魯狹隘。如果生命可以重來，他一定不會那麼傻，那麼殘忍。他會好好地珍惜天池，握著她的手，一分鐘也不鬆開，直到與她白頭偕老。可是，天池會給他這個機會麼？上帝會給他這種幸福嗎？

如果生命可以重來。琛兒說，天池的醒，等於是重新活了一次。天池重活了，自己呢？自己可不可以揮別往事的陰影，重新活一次？

一時屋子裏沉寂下來，只聽得盧越壓抑的歎息聲，除此之外，更無一些聲響。許峰不忍，走過來拍拍盧越的肩：「越哥，你也別太難過了，程醫生說天池會一天天好起來的，你們的事，未必沒有希望。」

盧越終於抬起頭來，下定決心似地說：「琛兒，替我約一下老程，我想和他聊聊。」

程之方這會兒正在天池家裏，一邊替她削蘋果，一邊百般安慰：「能醒過來就是最大的成功，你自己都不知道自己有多偉大。記不記得過去並不重要，重要的是創造未來。幾千幾萬個植物人中才有一個醒來的特例，很多記者都要採訪你呢。不過我替你擋駕了，怕你應付不來。」

「程醫生，謝謝你。」天池誠心誠意地說。

叫他「程醫生」，何其疏遠有禮。程之方搖頭：「這句話，從你醒來到今天，幾乎每次見面都要重複十幾次。但是你明知道，我想聽的不是這句。」

天池低下頭，覺得茫然。程之方是個好醫生，他永遠都是那麼從容，安詳，像一道微風。人們說「如沐春風」，指的，就是這種人吧？

在程醫生的輔導下，天池已經漸漸想起許多事，包括——程之方是誰。

程之方是天池的老朋友了，怎樣認識的已經想不起來，但是，他知道自己許多事，自己，也好像很瞭解他。

他是個心理醫生，單身，開一家規模雖小名氣卻大的心理診所，前途無量。最重要的，是他對自己有好感，超乎尋常的好感。

是因為這份好感才使他守候自己這麼多年，在大家都對她絕望了的時候，他卻仍不放棄，無怨無悔地等著自己醒來。換言之，他愛自己。他用一種獨特的方式，在向她求愛。

即使是睡了七百多個日子，即使神智還不能恢復到睡前那樣清明敏捷，天池也仍然可以清楚地瞭解，程之方對自己的一往情深。她努力地回想她與他相處的點點滴滴，但是始終想不起來自己以前是否對他有過什麼承諾。

她試探地問：「我聽琛兒說，你和她哥哥是大學同學？」

程之方一愣，淡淡地說：「同校不同系。」

「怎麼從來沒聽你提起過？」

「點頭之交而已。」程之方掩飾地答，把蘋果和藥碗一起遞給天池，「也不是很熟——來，你該吃藥了。」

天池苦笑：「吃藥，吃藥，每個人見到我都叫我吃藥，好像我是只藥罐子，除了吃藥什麼事也不用做。」

「誰說的？明天不是約了老師來教你畫國畫嗎？」程之方坐過來，摟住天池的肩，「學到哪一節了？」

天池本能地向旁邊一讓，程之方意識到自己的失禮，不禁赧然。

他並不是存心要輕薄她，這兩年來，天池沉睡不醒，他替她餵水餵藥，都是這樣一手抱起她的肩，一手端藥碗的，早已將這個動作做得熟極而流。但是眼前的天池，活色生香，再不是那個睡在夢裏任他「擺佈」的植物人了。

程之方鬆開手，說：「對不起。」

「是我對不起你。」天池伸出手去，主動拉住程之方的手，正色說，「給我時間，我會考慮。」

老程立刻就感動了。他凝視著這個令他死心塌地的女子，這就是天池了，她蒼白、柔弱、敏感而矜持，即使她大病初癒，即使她忘記許多事，即使她並不真正記得程之方這個人，但是她仍然善解人意地體貼著身邊每一個人。

程之方從不後悔自己的決定和等待。

「我等你。」他篤定而辛酸地說，「我會等到你心甘情願地對我說你願意。這些年，我一直等你醒來，於絕望中尋找希望，都沒有嫌長過。也不在乎再等這幾個月了。」

天池的眼淚一下子就湧了出來，哽咽：「我……」恨不得立時三刻便答應了他的求婚，這便戴上花環挽著他踏上紅地毯去，報了他為她守望兩年的救命之恩。

程之方對她，實在沒有話說，堪稱「仁至義盡」四個字。若不嫁他，簡直沒良心，天理也不容的。況且，她如今無財無勢，甚至連記憶也無，除了以身相許，又何以相報？

然而窗下那陌生男人的影子在腦海中一閃而過，就像一把橫空出現的鎖，讓她把要說的話又關在口中了，只剩得最蒼白的一句：「謝謝你。」

程之方微微有一點失望，正想再說點什麼，手機卻不識時務地響起來，打電話給他的，正是他最不想見的那個人——他的情敵、大學同學、「點頭之交」的至交好友，天池的前夫，琛兒的哥哥，盧越！

大連港灣街四號有一家「水無憂」茶苑，是天池與琛兒這班朋友的老地方。還能清楚地記得，天池出事後，他們在這裏的最後一次見面。就在這張桌子旁。琛兒，盧越，程之方，還有吳舟。是的，吳舟，那個讓天池刻骨銘心地愛了十幾年，更叫盧越咬牙切齒地恨了千萬次的名字——四個人以茶當酒，互剖心跡，吳舟終於從琛兒口中清清楚楚地瞭解了天池的心意，而程之方則當著所有人面明明白白地第一次表白心志：「我愛上了天池！我要等天池醒來，等待她的第二次生命。她的前世我無緣參與，但是她的來生，我將預訂。」有什麼比當著一個男人的面說自己愛上了他的老婆，更讓這個男人生不如死的？

然而盧越竟無權反對。甚至連生氣都不能。不但不能，今天還要低聲下氣地向這個人請求，請他允許自己再見自己老婆一面。

只為，自己的身分已不再是丈夫，而只是「前夫」。

前夫，多麼刺心的名詞！

自己當初為什麼，要那樣小肚雞腸歇斯底里地嫉妒和中傷，要以尋花問柳加倍的背叛作為婚姻的報復，要那樣輕易地放棄了丈夫的名份，要苦苦非難、冷落、疏離、直至將天池逼得投海？如果生命可以重來，如果生命可以重來……

盧越沉默地喝著熟悉的普洱，濃茶如酒，化作相思淚。

曾幾何時，他與程之方情同手足，無話不談。然而自從天池溺水，他們就反面成仇，雖然雞犬之聲相聞，而老死不相往來。

今天，這對老同學、老朋友，終於又見面了。

又是這個地方，又是這些人，只要把吳舟換作許峰，就可以回到兩年前。

而程之方曾在這裏發過的那句誓，也煥然重新，迴響在每個人的耳邊，斬釘截鐵，不容忘記。

——「我要等天池醒來，等待她的第二次生命。她的前世我無緣參與，但是她的來生，我將預訂。」

即使生命重來，也是屬於程之方，而不是盧越，是嗎？

更精彩內容，請續看西嶺雪前世今生系列《通靈》

忘情散

作者：西嶺雪
出版者：風雲時代出版股份有限公司
出版所：風雲時代出版股份有限公司
地址：105台北市民生東路五段178號7樓之3
風雲書網：http://www.eastbooks.com.tw
官方部落格：http://eastbooks.pixnet.net/blog
Facebook：http://www.facebook.com/h7560949
信箱：h7560949@ms15.hinet.net
郵撥帳號：12043291
服務專線：(02)27560949
傳真專線：(02)27653799
執行主編：劉宇青
美術編輯：風雲編輯小組
版權授權：劉愷怡
法律顧問：永然法律事務所　李永然律師
　　　　　北辰著作權事務所　蕭雄淋律師

初版日期：2015年4月
ISBN：978-986-352-160-0

總 經 銷：成信文化事業股份有限公司
地　　址：新北市新店區中正路四維巷二弄2號4樓
電　　話：(02)2219-2080

行政院新聞局局版台業字第3595號 營利事業統一編號22759935

定價：240 元

國家圖書館出版品預行編目資料

忘情散／西嶺雪著；-- 初版. --
臺北市：風雲時代，2015.03　面；公分

ISBN 978-986-352-160-0（平裝）

857.7　　104002104